악마의 비타민

양호문 장편소설

악몽의 비타민

㈜ 자음과모음

이 책은 우리나라에서 실제 발생했던 청소년
범죄 사건들을 재구성해서 쓴 소설입니다.
이 책을 급우들의 괴롭힘이나 폭력으로 희생된
학생들과 그 가족들에게 바치는 바입니다.
경건한 마음으로 삼가 고인이 된
학생들의 명복을 빕니다.

차례

1장 · 밤길　　　　　　　　　　　· 9

2장 · 허공　　　　　　　　　　　· 29

3장 · 지옥에서 천국으로　　　· 52

4장 · 별똥별　　　　　　　　　　· 69

5장 · 잔인한 기억　　　　　　　· 92

6장 · 들개　　　　　　　　　　　· 106

7장 · 거울　　　　　　　· 125

8장 · 숯으로 그린 얼굴　· 147

9장 · 방범등　　　　　　· 161

10장 · 철제 고문　　　　· 179

11장 · 조례 시간　　　　· 200

12장 · 꽃비　　　　　　· 217

작가의 말　　　　　· 232

1장 · 밤길

좋았다. 모든 조건이 딱 들어맞았다. 오랫동안 기다려온 보람이 있었다. 무엇보다 날씨가 기가 믹혔다. 흐릿하게 밤안개가 끼고 바람마저 불어 쌀쌀했다. 한낮에 비해 기온이 무려 6, 7도나 떨어진 날씨였다. 어깨가 저절로 움츠러드는 추위 때문에 행인들이 급격히 줄어 가뭄에 콩 나듯 드문드문 보일 뿐이었다. 더욱이 차량들도 뜸해 금상첨화였다.

"하늘은 무심치 않아. 암! 무심할 리가 없지."

주체할 수 없는 흥분을 애써 누르며 성혁은 5층 건물 외벽에 붙은 간판을 올려다보았다. '배틀존 피시방'이라 쓴 아크릴 간판이 밤안개 속에서 희미하게 빛을 발하고 있었다.

시간을 확인했다. 열한 시 사십오 분. 그동안 살펴본 바대로라면 이태균이 나올 시간이 얼추 되었다. 간혹 게임에 빠져 밤을 새우는 경우도 있었지만 대개는 자정 무렵이면 나왔었다. 성혁은 벌써 세 시간째나 이태균을 기다리고 있는 중이었다. 학교 교문에서부터 이태균을 따랐던 시간까지 합치면 여섯 시간도 넘었다. 이태균은 자기 똘마니 세 명과 하릴없이 시내 번화가, 학원가, 극장가를 휘젓고 다니다가 일곱 시가 넘어 그들과 헤어졌다. 그러고는 혼자 웬 여학생을 만나 단둘이 DVD방에 들어가서 약 한 시간 정도 머물렀다. DVD방에서 나온 이태균은 그 여학생을 보낸 뒤 곧장 피시방으로 올라갔다. 그게 오후 아홉 시 십 분경이었다.

자정이 가까워질수록 손에 땀이 나고 입에 침이 말랐다. 심장도 뛰었다.

"진정해야 돼. 진정!"

성혁은 스스로에게 나지막이 말하며 마음을 달랬다. 하지만 좀체 진정되지 않았다. 흥분을 가라앉히기란 생각보다 쉬운 게 아니었다. 벌써 두 번이나 중도 포기를 한 적이 있어서였다. 정확하게는 포기가 아니라 연기였다. 예측하지 못한 변수로 인해 불가피하게 뒤로 미뤄야 했었다.

"오늘은……."

시선을 피시방 출입구에 고정시켜 놓은 채 주머니에 손을 넣었다. 휴대폰을 꺼내 급히 단축 버튼을 눌렀다. 손가락이 떨렸다.

"현묵아, 오늘은 성공할 것 같아. 준비하고 있어!"

행여 누가 듣기라도 할까봐 속삭이듯 말했다. 목소리 역시 가늘게 떨렸다.

휴대폰을 주머니에 넣고 마른 침을 크게 한 번 삼켰다. 그때였다. 드디어 피시방 출입구에 남학생 한 명이 모습을 드러냈다. 성혁은 얼른 전봇대 뒤로 몸을 숨겼다. 그런 다음 조심스레 한쪽 눈만 내놓은 채 남학생의 움직임을 주시했다. 4차선 도로 건너편 피시방 입구까지의 거리는 불과 20여 미터. 자칫하면 들켜서 일을 그르칠 수도 있는 거리였다. 긴장으로 손바닥에 땀이 뱄다.

"……?"

성혁은 고개를 갸웃거렸다. 밤안개가 몰려드는 데다가 현란한 네온사인 불빛이 남학생의 얼굴에 어른거렸다. 그로 인해 안면 확인이 잘 되지 않았다. 피시방에는 비슷한 체형에 비슷한 차림의 학생들이 많이 들락거리는 터라 헷갈렸다. 서둘러 집으로 가지 않고 입구에 움직임 없이 서 있는 모습이 아무래도 다른 학생 같았다. 그러고 보니 키도, 덩치도 좀 작은 듯했다. 가까이 다가가서 확인을 하고 싶었다. 하지만 그럴 수는 없는 노릇이었다.

그 녀석이 아닌가? 그럼 오늘도 피시방에서 밤을 새우려는 건가? 속말을 하는 순간, 입구에 서서 잠시 길 양쪽을 살펴보던 남학생이 인도로 발을 내려놓았다. 그러자마자 좌측으로 방향을 잡더니 어슬렁어슬렁 걷기 시작했다. 등에 책가방을 메고, 두 손을 바지 주머니에 찔러 넣고, 어깨를 구부정하게 앞으로 숙여 휘젓듯 걷는 모양새.

"이태균, 그 녀석이 틀림없어!"

이태균이 틀림없음을 확신함과 동시에 성혁의 두 눈에서 불꽃이 튀었다. 어금니를 악물고 주먹을 움켜쥐었다. 팔을 부르르 떨었다. 자신도 모르게 무의식중에 취한 동작이었다.

"침착! 침착해야 돼!"

그 말을 몇 번 반복한 성혁은 이태균의 뒤를 쫓았다. 모자를 좀 더 깊이 눌러쓰고, 옷깃을 세워 얼굴을 가렸다. 그리고 만약의 경우를 대비하며 이태균과 적당한 거리를 유지했다. 2주 전에 이미 이태균이 다니는 길을 파악해두었기에 미행을 하는 건 그리 어렵지 않았다.

문제는 갑자기 나타나는 돌발 변수였다. 지난번처럼 막판에 골목길에서 행인이 튀어나와 계획이 틀어지는 일이 있어서는 안 되었다. 이번보다 좋은 기회가 또 올 것 같지가 않았다. 조급했다. 걸음을 빠르게 해서 이태균과의 거리를 단축시켰다.

"이런 스벌루미 같은 스발로미야~ 뒈지고 싶냐~ 뒈질래~."

이태균은 욕설로 된 랩송을 흥얼거리면서 건들건들 걸었다. 쌀쌀한 바람 때문인지 다른 날보다 유독 더 방정스럽게 머리와 어깨를 흔들어댔다. 모이를 쪼아 먹는 수탉처럼 고개를 앞뒤로 까딱까딱 움직이며 한껏 까불었다. 그 꼴을 보니 성혁은 당장이라도 달려가 뒤통수를 후려치고 싶은 심정이었다. 하지만 차도를 오가는 차량들이 있어서 참아야 했다.

"그래! 그리로 계속 가거라. 계속!"

이태균이 24시 편의점 앞을 지나 우측 길로 꺾어 들었다. 성혁은 다시 휴대폰을 꺼냈다.

"현묵아, 녀석이 방금 그쪽 길로 들어갔어! 거기 행인들 없지?"

없다는 대답이었다.

"굿! 오늘은 하늘이 우리 편이야. 시동 걸어놓고 있어."

지나면서 보니 편의점에도 손님이 없었다. 장발머리 알바생 혼자 카운터에 앉아 텔레비전을 시청하는 중이었다. 열두 시 마감 뉴스였다.

이태균을 따라 우측 2차선 길로 들어섰다. 일정한 간격으로 가로등이 서 있었으나 밤안개 때문에 불빛이 흐릿했다. 마치 꺼져가는 촛불을 줄 맞춰 세워놓은 것 같았다. 게다가 안개는 점점 더 많이 몰려들고 있었다. 채 100미터도 되지 않는 가시거리에 행인도 없는 외진 길. 안성맞춤이었다. 아, 얼마나 기다려온 순간이었던가. 성혁은 속으로 쾌재를 불렀다. 절대 놓쳐서는 안 될 천재일우의 기회였다. 가슴이 두근거렸다. 호흡이 가빠졌다. 침이 말랐다.

혀를 내밀어 마른 입술을 축였다. 발소리를 최대로 낮추고 이태균에게 바짝 따라붙었다.

"완, 투, 뜨리, 요 철리 말리 길~ 조까라 마이싱~ 하! 모두 모두 조까라 마이싱! 싱! 싱~."

원래 그런 노래가 있는 건지, 아니면 변형 개사를 한 곡인지, 저질스런 랩송과 까딱춤에 빠져 이태균은 뒤쪽에 전혀 신경을 쓰지 않는 눈치였다. 자기 흥에 도취돼 노래를 더욱 크게 부르며 상체를 좌우로 연신 흔들었다.

이태균이 첫 번째 가로등을 지나고, 두 번째 가로등도 지났다. 이제 세 번째 가로등을 지나자마자 그는 다시 우측으로 방향을 꺾어 언덕 마을로 오를 것이었다. 전망 좋은 언덕에 이태균이 사는 집이 있었다. 마을 진입로 초입부터 방범용 CCTV가 예닐곱 대나 설치된, 춘천에서 손꼽히는 고급 빌라 단지였다. 이태균이 언덕길로 오르기 직전, 그러니까 세 번째 가로등 못미처 5미터 지점, 은행나무 가로수 밑이 가장 좋았다. 그곳은 가로수 그림자로 인해 특히 더 어두웠고, 변압기 설치용 전봇대와 교통신호 조작기 철제 박스가 있어서 시야까지 막아주었다. 제1지점으로 정한 그곳에는 이미 친구 현묵이의 검은색 구형 그랜저가 자리를 잡고 있었다. 성혁은 자기 혼자라면 감히 시도조차 못할 일을 친구 현묵이가 함께 해준다는 사실에 용기를 얻었고, 마음도 든든했다.

"오늘은 틀림없이 성공이야."

이태균과의 거리는 불과 6미터. 주머니에서 걸레쪼가리를 꺼내 들었다. 아까 저녁 여덟 시경 이태균이 어느 여학생과 DVD방에 들어갔을 때, 돼지갈비집 옆 골목 쓰레기봉투에서 빼낸 것이었다. 이제 이태균은 현묵의 그랜저에 거의 다 다가갔다. 곧, 계획대로 승용차 문이 열리고 현묵이가 밖으로 튀어나왔다. 밖으로 나온 현묵이는 차 앞으로 돌아 곧장 이태균에게 접근했다. 승용차 뒷문 바로 옆이었다.

현묵이가 이태균의 앞길을 막았다. 이태균이 걸음을 멈췄다. 부르던 노래를 뚝 그치고 구부렸던 어깨를 폈다.

"학생, 길 좀 묻겠는데……."

"예? 길이오?"

"응! 이쪽은 처음 오는 거라 잘 모르겠어!"

현묵이의 목소리가 가늘게 떨리고 있었다. 왠지 불안했다.

"어딜 찾으시는데요?"

반면에 이태균은 그 특유의 자신감 있는 목소리로 되물었다.

"저, 저……."

현묵이는 얼른 대답을 못하고 더듬거렸다. 교활한 이태균이 혹 눈치라도 채면 모든 게 수포가 되는 거였다. 다급했다. 성혁은 이태균을 향해 뛰듯이 걸었다. 발소리를 듣고 이태균이 뒤를 돌아보았다. 그 순간 이태균과 눈길이 정확하게 마주쳤다. 이태균이 알아보고 도망칠 것 같았다. 어금니를 악물었다. 그러자마자 잽싸게 달려들어 이태균의 뒷머리카락을 움켜쥐었다. 그와 동시에 소리쳤다.

"현묵아, 빨리 뒷문 열어!"

"그, 그래!"

뒷문이 열리자 있는 힘을 다해 이태균을 뒷좌석으로 밀어 넣었다. 이태균이 그대로 뒷좌석 시트에 엎어졌다. 성혁이도 함께 엎어지며 이태균의 등 위에 포개졌다. 지체 없이 손에 쥐고 있던 걸레 쪼가리를 이태균의 입안에 쑤셔 넣어 재갈을 물렸다.

"테이프 줘!"

현묵이에게 테이프를 넘겨받아 이태균의 입을 겹겹이 봉했다. 이태균이 거세게 발버둥을 쳐댔다. 혼자서는 당해낼 수 없을 정도로 아주 강한 힘이었다.

"다리 꽉 잡고 있어!"

"아, 알았어!"

현묵이가 이태균의 다리를 잡고 있는 사이 성혁은 이태균의 책가방부터 벗겨 바닥에 팽개쳤다. 그러고는 두 손을 뒤로 돌려 테이프로 묶은 후, 두 다리도 꼼짝 못하게 친친 감아버렸다. 만약을 위해 오금도 네댓 번이나 돌려 묶었다.

"이제 얼른 여길 빠져나가야 해! 어서 출발해!"

“응! 응!”

승용차가 급출발을 하며 타이어 마찰음을 내뿜었다. 아스팔트가 찢어지는 듯한 소리가 안개 속에 크게 울려 퍼졌다. 방향을 돌리자마자 전속력을 내 4차선 길로 들어섰다.

“야, 너무 빨리 달리지 마! 사고 나면 어쩌려고?”

“응? 그래! 그래!”

하지만 현묵은 차의 속도를 줄이지 않았다. 오히려 더욱 속력을 높이고 있었다.

“어어? 저, 저, 앞! 앞! 휴―! 사고 날 뻔했잖아?”

그린타운 앞길에서 택시를 아슬아슬하게 추월하자 성혁은 가슴을 쓸어내렸다.

“빨리 여길 벗어나야지.”

“그래도 그렇지. 사고 나면 말짱 도루묵이라는 걸 왜 모르니?”

“알지만 지체할 수 없잖아?”

“침착! 침착해야 돼!”

이태균의 목덜미를 찍어 누른 자세로 앞길을 살폈다. 그러면서 현묵이를 달랬다.

“이렇게 달리면 오히려 더 의심을 받아.”

“아차, 그렇지!”

“그러니까 평상시처럼 침착하게 운전해.”

"알았어. 알았어."

그제야 현묵이가 속도를 줄였다. 하지만 얼굴에는 여전히 당황하는 기색이 역력했다. 눈을 자꾸 깜빡거리고 마른침을 연속해서 삼켰다.

"현묵아, 겁먹지 마. 계획대로 잘된 거야."

말은 그렇게 했지만 성혁이 자신도 두근거리는 가슴이 좀체 가라앉지 않았다.

이태균의 교복 주머니를 뒤졌다. 휴대폰이 잡혔다. 휴대폰을 끄집어내 전원을 꺼버렸다. 그리고 책가방 옆 주머니에 쑤셔 넣었다.

중앙고속도로로 이어지는 퇴계대로에 접어들자 안개가 더욱 짙어졌다. 앞이 보이지 않을 정도로 가시거리가 겨우 50여 미터가 될까 말까였다.

"봐! 안개까지 이렇게 끼어주고……."

"그러게. 안개가 끼긴 긴다고 했었는데, 이렇게 짙게 낄 줄은 몰랐네."

"천천히! 속도 좀 더 줄여!"

모든 차들이 속도를 줄여서 움직이고 있었다. 그 때문에 차가 밀리기 시작했다.

퇴계 교차로 부근에 이르자 차량들이 점점 더 많이 밀려 아예 움직이질 않았다. 성혁은 뒤에서 경찰차가 쫓아오는 것 같아 불안

했다. 뒤를 돌아다보았다. 다행히 경찰차는 보이지 않았다.

"차들이 통 안 움직이네. 어떡하지, 성혁아?"

"앞차가 움직일 때까지 기다려야지 뭐!"

시간은 더디게 흘렀다. 그럴수록 마음은 더욱 급해지기만 했다.

이태균이 또 버둥거렸다. 왼쪽 손으로 이태균을 찍어 누르고는 있었지만 방심은 금물이었다. 이태균이 언제 반항을 하며 탈출을 시도할지 모를 일이었다. 시간이 지체되자 자꾸 초조해졌다. 경찰이 불쑥 나타날 것 같기도 했고, 이태균을 묶은 테이프가 끊어질 것도 같았다. 아무래도 안심이 되지 않았다.

"아까 급하게 묶었더니, 이 테이프가 허술한 것 같아!"

"뭐라고?"

"이놈, 더 단단히 묶어야겠어!"

테이프로 이태균의 입, 손, 오금, 발목을 몇 번 더 돌려 감았다.

"앞차들이 빠진다."

"어, 그래? 그럼 어서 가자. 여기서 너무 지체됐어!"

이번에는 성혁이가 재촉을 했다. 빨리 제2지점으로 가서 다음 단계를 밟아야 했다. 그래야지 조금이나마 안심을 할 수 있었다.

위태위태한 곡예 운전을 하며 계속 앞차들을 추월해나갔다. 외곽 도로로 나가자 차들은 점점 줄어들었다. 길이 트여 속도를 좀 더 낼 수 있었다. 신호가 바뀌기 직전에 학곡 로터리를 가까스로 통과했다.

"여긴 안개가 그리 짙지 않다. 속력을 더 내봐."

"알았어!"

4차선의 외곽 도로인 데다가 차량이 뜸해 80킬로 이상도 가능했다. 그 속도라면 아까 퇴계 교차로에서 지체됐던 시간을 만회하기에 충분했다.

야트막한 언덕을 두 곳이나 넘고 만천 사거리를 지나 공무원교육원 앞을 통과했다. 그리고 곧 구봉산 비탈길을 오르기 시작했다. 경사도가 15도에 이르는 구봉산 비탈길을 3분의 2쯤 올라 우측 공터 구석진 곳으로 들어가 멈췄다. 사전에 미리 답사를 해둔 제2지점이었다.

"다른 차나 사람은 없지? 혹시 있나 잘 살펴봐!"

"없는 것 같은데?"

"그래? 그럼, 얼른 옮기자!"

"응!"

성혁은 현묵이와 차에서 내려 이태균을 밖으로 끌어냈다. 이태균이 신음을 크게 내뱉으면서 심하게 꿈틀거렸다. 그 바람에 이태균을 땅바닥으로 떨어트리고 말았다.

"이 자식, 가만히 못 있어?"

주먹으로 이태균의 배를 세게 한 대 내질렀다.

“윽!”

이태균이 괴로워하며 옆으로 두어 바퀴 굴렀다. 생각 같아서는 발로 짓밟아버리고 싶었다. 그 자리에서 피투성이가 되도록 마구 때려 반죽음 상태로 만들어버리고 싶기도 했다. 하지만 마음을 진정시키고 계획대로 일을 처리해야 했다.

“현묵아, 어서 트렁크 열어!”

“그, 그래!”

트렁크를 열어놓고 둘이서 다시 이태균을 들었다. 덩치가 꽤 커 몸무게가 상당했다.

“그쪽, 머리 쪽을 좀 더 높게.”

이태균을 겨우 허리 높이로 들어 올린 뒤 트렁크 속으로 밀어 넣었다. 트렁크 바닥에 떨어진 이태균의 몸이 S자 형태로 구부러 졌다.

“너, 이 새끼! 얌전히 있어! 허튼수작 부리면 그대로 죽여버린다.”

성혁은 이태균을 한 번 차갑게 노려본 뒤 트렁크 문을 꽝 닫았다.

“이제 됐어. 가자! 여기서부터는 내가 운전할게.”

“저놈 설마 탈출할 수 없겠지, 성혁아?”

“그럼! 단단히 묶었잖아. 어서 가야 해!”

차에 타고 최종 목적지인 제3지점을 향해 출발했다.

언덕길을 내려가 좌측으로 틀었다. 직선으로 200여 미터를 달려 다시 우측 길로 들어섰다. 속력을 높여 동면 면사무소 앞을 지나 곧장 소양댐 방향으로 이동했다. 10분이 채 안 돼서 댐 밑에 이르렀다. 계곡 바람이 안개를 몰고 갔는지 그곳은 예상외로 시야가 깨끗했다. 임시로 가설해놓은 세월교를 조심조심 건너, 국도로 접어든 뒤 즉시 배후령 길을 오르기 시작했다.

"이 고개 조심해야 돼, 성혁아!"

"알아!"

서너 굽이 돌았을까? 벌써부터 어지러웠다. 굽이굽이 쉰일곱 굽이를 돌아야 다 넘는다는 배후령. 춘천에서 양구로 이어지는 46번 국도로 경사도가 30도를 넘나드는 악명 높은 고갯길이었다.

"어? 조심! 조심!"

노폭이 좁은 급커브 길에서 갑자기 나타난 트럭이 중앙선을 침범해 들어오면서 아슬아슬하게 스쳐 지나갔다.

"휴—! 깔려 죽을 뻔했네."

"여기가 마의 구간으로 사고 다발 지역인데, 저 트럭 기사 자식, 저거 아주 간덩이가 부었군!"

"지난해 가을에도 버스 한 대 굴렀었잖아?"

"그랬지! 세 명이 죽고 여덟 명인가가 다쳤지. 인천 무슨 고등학교 수학여행 버스였을걸, 아마!"

닭 내장을 뭉쳐놓은 듯 구불구불한 길은 좀체 끝이 날 줄 몰랐다.

마치 염라전에라도 가는 길인 양 돌고 또 돌며 한없이 올라갔다.

"야, 성혁아! 조심해서 천천히 가자. 난 여기서 죽고 싶지 않다."

"알았어. 걱정 마."

한참 만에 배후령 정상을 넘었으나, 아래로 내려가는 길 역시 굴곡이 심하고 경사가 급했다. 몇 번이나 위험한 고비를 넘기고 나서야 고개 아래 주유소를 통과할 수 있었다. 그러나 아직 갈 길은 멀었다.

"여기서부터는 시간이 걸리더라도 옛길로 가야 돼! 새로 난 길은 CC카메라가 많이 설치되어 있어서 찍힐 수 있어!"

"그래! 성혁아! 그렇게 하자!"

수십 굽이 산길을 또 돌고 돌아, 소양호 양구 선착장 입구 부근에 이르렀다. 그런데 차가 밀리기 시작했다.

"뭐야? 앞에 사고 났나?"

"글쎄?"

얼마 못 가 앞쪽 차들이 차츰차츰 속도를 늦추는가 싶더니 마침내 멈춰 섰다.

"새벽인데, 여기 왜 차가 밀려? 앞쪽에 진짜 사고 났나?"

"아니야. 검문소야."

"검문소?"

검문소라는 말에 현묵의 표정이 굳어졌다.

"그래! 요 앞에 검문소 있잖아."

"아아! 그렇지! 근데 검문 잘 안 하던데. 혹시 우리 잡으려고 하는 거 아냐?"

"그럴지도 모르지!"

"그럼 어떡하냐, 성혁아? 응?"

성혁은 잠시 침묵을 지키며 어떡해야 좋을지 궁리를 했다. 군인 차 외에는 평소에 검문을 거의 하지 않는 곳이기에 당혹스러웠다. 일이 또 수포로 돌아가는 건 아닌지, 가슴이 두근거렸다. 겁도 났다. 침이 말라 입안이 바짝바짝 타들어갔다.

"돌리자, 성혁아! 얼른 차 돌려서 새로 난 길로 빠지자."

"늦었어! 저기서 빤히 보이는데, 돌리면 의심받지. 그리고 여기가 검문하면 그쪽 길도 검문해. 그냥 통과할 수밖에 없어. 침착해!"

"그러다 잡히면 이거……. 아!"

현묵은 발을 동동 구르며 안절부절못했다. 성혁이도 불안하기는 매한가지였다. 심장이 두근거리고 등줄기에 식은땀이 흘렀다.

"이제는 이판사판이야. 평상시처럼 자연스럽게 행동해!"

현묵이에게 그 말을 던지고 성혁은 입을 굳게 다물었다. 허리를 편 뒤 눈에 힘을 주고서 전방을 똑바로 바라보았다.

검문을 받느라 정체되어 있던 앞차들이 한 대 한 대 빠져나가기 시작했다. 그러다 바로 앞 무쏘가 통과한 다음 마침내 그랜저 차례

가 되었다. 그런데 뒤에서 보았던 것과 상황이 많이 달랐다. 뒤에서는 검문하는 경찰이 두 명 같았는데, 그게 아니었다. 두 명이 아니라 모두 네 명이었고 길 옆으로는 경찰차 두 대가 서 있었다. 더욱 놀라운 건 헌병까지 있다는 사실이었다. 어깨에 기관단총을 둘러멘 헌병 두 명이 날카로운 눈빛을 뿜어내고 있었다. 그 광경을 보고 성혁은 가슴이 철렁 내려앉았다. 다른 길로 갈걸! 후회를 해보았으나 이미 엎질러진 물이었다.

바리케이드 바로 앞에 이르자 경찰 한 명이 정지 신호를 보냈다.

"침착! 침착!"

그 말을 주문처럼 외우며 차를 세웠다. 경찰 한 명이 다가왔다. 호리호리한 몸매에 길쭉한 얼굴이었다.

"잠시 검문이 있겠습니다."

길쭉이 경찰이 거수경례를 한 후 성혁에게 무언가를 디밀었다. 그러면서 무뚝뚝하게 말했다.

"세게 불어주십시오!"

음주 단속이었다. 그제야 성혁과 현묵은 굳어 있던 얼굴을 풀고 안도하는 표정을 지었다. 하지만 불안감은 좀체 수그러들지 않았다. 트렁크에 갇혀 있는 이태균이 발길질을 해서 소리라도 낸다면 만사가 물거품이 되는 것이었다. 트렁크에 자꾸 신경이 쓰였다.

"아주 세게 불어드려! 호리호리한 경찰 아저씨 날아갈 정도로.

후후후!"

불안감을 달래려는지 그 상황에 현묵은 농담까지 건넸다. 그러나 자연스럽지 않았다. 현묵의 말을 듣고 길쭉이 경찰이 씨익 웃으며 대꾸를 했다.

"요즘 음주운전 하시는 분들이 많아서……. 너무 세게 불지는 마세요. 침 튀니까요."

그러는 중에 다른 경찰이 반대편으로 다가왔다. 보통 키에 건장한 체격이었다. 성혁은 가슴이 또 쿵쿵 뛰었다. 보통 키 경찰은 현묵을 훑어보더니, 차 실내도 유심히 살폈다. 곧 트렁크를 좀 보자고 할 것만 같았다. 극도의 긴장감으로 심장이 멎을 지경이었다. 아무래도 안 되겠다 싶어 성혁은 음주측정기에서 얼른 입을 뗐다. 그리고는 묻지도 않은 말을 내뱉었다.

"친구와 낚시하러 가는 중입니다."

"……!"

"양구 파로호 붕어는 씨알이 굵기로 아주 유명하잖아요? 한 2, 3일 푹 쉬려고 트렁크에 야영 장비도 잔뜩 챙겨 왔습니다."

대놓고 뒤쪽 트렁크를 가리키며 말했다. 현묵이가 얼른 뒷말을 이었다.

"회사에서 짤리고 났더니 달리 할 일도 없고 해서요."

"아, 그러세요? 요즘 경제가 어려워 잘리는 분들이 꽤 된다고 하던데……."

"예, 많이들 짤렸어요. 뭐, 집에 있어봐야 온종일 마누라 잔소리만 듣고 구박만 받고 해서 오랜만에 이 친구와 의기투합을 했습니다. 붕어 매운탕에 쏘주 한잔하며 한 2, 3일 마음 좀 달래려고요. 아직 술은 한 방울도 안 마셨습니다. 이따가 양구 읍내에서 네다섯 병 살 겁니다. 이것저것 먹을거리도 한 보따리 사고요."

현묵이의 너스레에 길쭉이 경찰이 가라고 손짓을 하며 한마디 했다.

"너무 기죽지 마시고, 힘내세요. 그리고 월척 낚으면 연락 주십시오."

"그럼요. 연락 드리고말고요."

무사히 검문소를 통과하자 성혁과 현묵은 한숨을 길게 뿜어냈다. 지옥에서 벗어난 기분이었다.

"휴―! 현묵아, 우리 오늘 재수 무척 좋다! 하늘이 정말 돕는 거야."

"그런 것 같지만 난 10년 감수했다. 아직도 가슴이 벌렁거린다."

양구 읍내 마트에서 소주, 생수, 컵라면, 커피 등을 산 뒤 다시 길에 올랐다. 시간은 벌써 새벽 한 시가 넘어 있었다. 이제 넉넉잡고 두 시간 반 정도만 가면 최종 목적지인 제3지점이었다.

"현묵아, 졸리면 자."

"아니, 안 졸려."

“고마워! 이렇게 함께해줘서.”

“고맙기는 뭐, 친구지간에.”

성혁은 끝나지 않을 것 같은 구불구불한 길을 쉬지 않고 달렸다. 가파른 산을 오르고 터널을 지나고 다리도 건너며 밤길을 갔다. 좁고 답답한 차 안에 친구 현묵이와 나란히 앉아 산길을 갔다. 아무 말 없이 앞만 보고 달렸다. 현묵이도 입을 굳게 다문 채 작은 움직임조차 없었다. 지속적으로 이어지는 엔진 소음만이 굶주린 산짐승의 울음소리처럼 들려올 뿐이었다. 다소 곧게 뻗어 시야가 트인 길이 나오자 성혁은 약간 속도를 줄이고 시선을 밤하늘로 옮겼다. 별들이 하나둘 떨어져 내렸다. 별똥별이었다. 그것을 보니 코끝이 시큰해지며 눈시울이 뜨거워졌다.

2장 · 허공

창문이 흔들리는 소리에 성혁은 잠을 깼다. 바람에 창문이 간헐
적으로 흔들리며 덜컹, 덜컹, 귀에 거슬리는 소리를 냈다. 바닥에
모로 누워 새우처럼 몸을 구부린 채 깜박 잠이 든 것이었다. 여기
가 어디지? 창 밖에 희붐하게 먼동이 트고 있었으나 아직 어둑어
둑한 실내였다. 성혁은 자기가 어디에 와 있는지 혼란스러웠다. 눈
동자를 움직여 주위를 둘러보았다. 제일 먼저 낡은 칠판이 시야에
잡혔다. 그다음으로 칠판 위에 걸린 액자가 눈에 띄었다. 비스듬
히 걸린 액자에는 급훈이 쓰여 있었다. 붓글씨체로 쓰여진 '성실',
'사랑'이라는 글씨가 희미했다.

"아! 그렇지!"

벌떡 일어나 앉았다. 친구를 불렀다.

"현묵아! 현묵아!"

"응? 왜? 왜?"

바로 뒤에서 현묵이가 대답했다. 현묵이가 놀라 일어나 두리번 거렸다. 현묵이도 잠을 잔 모양이었다.

"너까지 자면 어떡해? 교대로 두 시간씩만 자자고 했잖아?"

이맛살을 접고 소리를 버럭 질렀다.

"미안해! 너무 졸려서 그만……. 너는 코를 골기에 깨우지도 못 하고. 근데 녀석이 도망갔어?"

현묵이가 책상이 몰려 있는 곳으로 빠르게 걸어갔다. 성혁이도 뒤따랐다.

"휴! 도망 안 갔다. 안 갔어!"

"비켜 봐!"

책상을 두 겹으로 쌓아 만든 감옥 안에 이태균이 웅크리고 앉아 있었다. 잔뜩 겁에 질린 표정으로 두 눈을 껌벅거렸다. 입, 손목, 오 금, 발목에 돌려 감은 테이프는 그대로였다. 새벽 세 시가 넘어 도 착을 해 이태균을 교실로 옮긴 뒤, 성혁은 그의 뺨을 몇 대 후려쳤 었다. 그러면서 도망치다 잡히면 그 자리에서 죽이겠다고 엄포를 놓았었다. 그래서 그런지 탈출을 시도한 것 같지는 않았다.

"현묵이 너, 몇 시부터 잔 거야?"

"얼마 안 돼! 이 녀석 감시하다가 너무 피곤하고 그래서…… 한

20분 잤나?”

“20분? 20분이면 충분히 탈출하고도 남을 시간이야?!”

“탈출을 어떻게 해? 저렇게 묶여 있는데. 게다가 책상으로 둥글게 이중벽까지 쌓아놓았잖아?”

현묵이가 목소리를 높였다. 추궁하듯 물었던 게 미안해서 성혁은 눈빛을 부드럽게 바꿨다. 피곤한 걸로 치면 현묵이도 자기 못지않게 피곤하리라는 걸 잘 알고 있었기 때문이었다.

“너, 이 녀석이 얼마나 교활하고 악랄한 녀석인지 알아?”

“……!”

“이 녀석을 그냥 보통 애로 보면 안 된다고.”

“알아.”

이태균이 끙끙거렸다. 현묵이가 책상 사이로 녀석을 자세히 살폈다.

“어? 이놈, 오줌 쌌네. 성혁아, 어떡하지?”

“어떡하기는 뭘 어떡해? 그냥 내버려둬!”

“똥을 싸면?”

“똥을 싸도 그냥 내버려둬!”

성혁은 이태균이 오줌을 싸든 똥을 싸든 알 바 아니었다. 일부러라도 똥오줌 범벅이 되어 땅바닥을 뒹굴게 해주고 싶은 심정이었다.

“아, 알았어.”

"지금 몇 시지?"

"여섯 시가 좀 넘었어!"

"그래? 그럼 너, 좀 더 자."

현묵이가 하품을 크게 하고 교실 구석, 낚시용 침낭으로 돌아가 누웠다.

성혁은 창문가로 가서 섰다. 흙먼지가 두껍게 낀 창문에는 거미줄까지 치렁치렁 걸려 있었다. 깨진 것도 많아 바람이 숭숭 들어왔다. 기온도 낮았다. 꽃샘추위였다. 거미줄을 걷어내고 밖을 보았다. 운동장에는 지난겨울에 말라 죽은 잡초들이 빼곡했다. 우측, 단층 슬래브 지붕의 학교 본관 건물도 창문이 깨지고 외벽의 페인트가 벗겨져 마치 중병을 앓는 커다란 짐승 같았다. 게다가 부러진 창문틀이 생선 뼈처럼 삐죽삐죽 돌출돼 흉물스러웠다. 조그마한 하늘색 교문은 두 쪽이 모두 낡아 검붉은 색으로 변색된 지 오래였다. 그나마 양쪽으로 활짝 열려진 상태로 고정되어 눈에 잘 띄지도 않았다. 빼곡하니 사시사철 푸르러야 할 사철나무 울타리마저 드문드문 죽어 말라 있었다. 어느 곳은 아예 구멍이 뻥뻥 뚫려 그 모양이 마치 이빨 빠진 오르간 건반을 연상케 했다.

성혁은 사철나무 울타리 안쪽에 일정한 간격으로 서 있는 벚나무로 시선을 옮겼다. 운동장 울타리를 따라 빙 둘러선 벚나무는 모두 서른 그루가 넘었다. 학교 정문 진입로 양쪽에 서 있는 것과 학교 뒷마당 것까지 합치면 족히 6, 70그루는 될 듯싶었다. 하지만 고목이 되어 거의 다 몸통이 갈라지고 속이 썩은 상태였다. 그러나 봄을 맞아 새 가지를 벋고 꽃망울을 단 것들도 많이 있었다. 하얀 벚꽃 송이가 다닥다닥 달려 꼭 팝콘을 붙여놓은 모습이었다. 만개하려면 아직 5, 6일 정도 더 있어야 할 것 같았다. 꽃송이가 완전히 벌어지지 않아 크기가 겨우 가운데 손톱만 했다.

시선을 학교 울타리 밖으로 옮겼다. 본관동 지붕 너머 가리산 골짜기에 저수지 둑 일부가 보였다. 교문을 나가 위쪽 길로 세 굽이만 돌아가면 도달하는 거리였다. 성혁은 그곳에 시선을 고정시키고 비석인 양 움직이지 않았다. 칼로 오려내는 듯 가슴이 아려왔다. 양쪽 눈에 눈물도 고였다.

"휴—!"

한숨을 길게 토해냈다. 그러나 가슴은 더욱 쓰리기만 했다. 아랫입술을 으스러져라 깨물었다.

"뭘 보냐? 밖에 누가 왔어?"

"으응? 왜 안 자고?"

"피곤하기는 한데 왠지 잠이 안 온다. 너나 더 자라! 이 녀석 미행하느라 그동안 잠을 제대로 못 잤다며?"

한 이틀 푹 자고 싶었다. 하지만 그럴 처지가 아니었다. 눕는다 해도 잠이 들려면 한참이나 뒤척거려야 할 게 뻔했다.

“나중에 자지 뭐!”

“그런데 밖은 왜 살펴? 누가 학교에 들어온 거야?”

“아니야. 폐교된 지가 벌써 몇 년쨴데 누가 와. 아무도 안 와. 이 골짜기에선 이제 사람 보기 힘들어. 들고양이나 족제비 같은 야생 짐승들만 있지.”

학교뿐만 아니라 학교 부근에 오밀조밀 몰려 있던 마을 집들도 폐허로 변해 을씨년스러웠다. 남은 집이라고는 골짜기마다 드문드문 두세 채씩만 있을 뿐이었다. 논밭도 버려져 경작되지 않은 지 오래였다.

“단양에는 갔다 왔어?”

“응! 2주 전에 잠깐.”

“어때?”

“그냥 그대로지 뭐!”

“음!”

현묵이가 근심스런 표정을 지었다.

“성혁아! 우리, 가다가 거기 들러보자!”

“단양까지? 꽤 먼데.”

“멀어도 가봐야지. 우리 집사람이랑 한 번 간다 간다 하면서도 여태 못 가봐서 미안하다.”

“바쁘니까 그렇지 뭐! 끄음!”

성혁은 뒷말을 끊고 어금니를 깨물었다. 지난번에 잠깐 봤던 아내의 얼굴이 유리창에 어른거렸다. 희미하게 어른거리던 아내의 얼굴은 조금씩 조금씩 선명해졌다. 그러더니 마침내는 방금 페인트로 그린 초상화처럼 또렷하게 나타났다. 아내가 무슨 말인가를 하려고 입술을 움직였다.

"성혁아, 커피 좀 끓일까? 쌀쌀하다."

"커피? 좋지!"

"기다려! 내가 차에 가서 커피하고 버너 가지고 올게."

현묵이가 교실 밖으로 나갔다. 성혁은 아예 컵라면과 즉석밥도 가지고 오라고 하려다가 그만두었다. 예전에는 현묵이와 낚시를 다니면서 늘 컵라면 국물에 즉석밥을 말아 먹곤 했었다. 하지만 밥이 목구멍으로 넘어갈 것 같지가 않았다. 밥 대신 소주나 한 병 마시고 싶었다.

끙끙거리는 소리가 들려 이태균에게로 다가갔다. 이태균이 테이프를 끊으려고 안간힘을 쓰는 중이었다. 그러면서 날개 잘린 풍뎅이처럼 제자리에서 빙빙 돌았다.

"야, 이 새끼야! 가만히 못 있어?"

주먹으로 책상을 내리치며 소리를 질렀다. 이태균이 동작을 멈추고 빤히 올려다보았다. 그의 눈에서 한 줄기 사악한 빛이 날아왔다. 독이 오른 독사의 눈빛과 똑같았다. 굶주린 들고양이의 눈빛

같기도 했다.

"우우우!"

뭐라고 지껄여댔으나 알아들을 수 없는 소리였다. 몇 번 그 소리를 내지르던 이태균의 눈빛이 순식간에 변하는가 싶더니 눈에 물기가 촉촉이 고였다. 눈동자에는 풀어달라고 애원하는 간절함이 소복이 담겨 있었다. 성혁은 그 애원을 무시해버리고 무뚝뚝하게 물었다.

"너, 나 알지?"

안다고 고개를 끄덕거렸다. 그러나 정말 아는 것인지 의심스러웠다.

"솔직히 대답해, 인마! 나, 기억 나? 안 나?"

크게 소리쳐 재차 물었다. 다시 한 번 주먹으로 책상을 내려치면서였다. 이태균이 가볍게 고개를 가로저었다.

"그런데 왜 안다고 거짓말을 해, 새끼야?"

성혁은 이태균이 자신을 전혀 기억하지 못하고 있다는 사실에 더욱 화가 치밀었다. 교실 바닥에 버려진 실내화 한 짝을 집어 이태균의 면상을 향해 힘껏 던졌다. 너덜너덜한 실내화는 직선으로 날아가 이태균의 눈두덩을 정통으로 맞췄다. 이태균이 뱁새눈으로 째려보았다. 2년 전에 성혁은 이태균을 단 한 차례 만난 적이 있었다. 그때 성혁은 이태균을 자세히 살펴보았으나 이태균은 성혁을 잠깐 곁눈질을 해서 본 것이 전부였다.

"바람이 잦아든다. 햇볕도 나고."

이태균의 면상을 향해 실내화 한 짝을 더 던지려는데 현묵이가 배낭을 들고 들어왔다.

"오늘 날씨는 좋을 것 같다."

바닥에 배낭을 내려놓은 현묵이가 버너를 설치하고 코펠을 올렸다. 그런 다음 생수를 붓고 불을 붙였다. 금세 퍼런 버너 불이 요란한 소리를 내며 타올랐다.

"성혁아, 이리 와 앉아."

"아니. 차에 가서 소주 가지고 올게."

"여기 다 들어 있어."

현묵이가 배낭에서 소주병을 꺼내 늘어놓았다. 통조림 캔도 하나 꺼내 바닥에 놓고 손짓을 했다.

"자, 안주는 이 번데기로 하자. 어서 와!"

그에게로 다가가 마주 보고 앉았다.

"이 분교가 네가 다녔던 학교라고 그랬지? 근데 대체 언제 폐교가 된 거야?"

현묵의 질문에 성혁은 머릿속에 든 기억을 더듬었다.

"4년 전에. 오랜만에 고향 구경도 할 겸, 낚시도 할 겸, 가족들 데리고 저 위 저수지로 낚시를 왔었는데, 그때 곧 폐교가 될 거라고 하더라고. 그해 전교생이 16명이었는데 1, 2학년이 한 명도 없다면서. 내가 다닐 때는 전체 6, 70명은 됐었는데."

"기분이 좋지 않았겠네?"

"착잡했지! 어렸을 때의 추억이 고스란히 깃들어 있는 곳인데. 이 학교에만 오면 나는 아늑함이 느껴져! 마치 엄마 품에 안긴 것처럼!"

"그러니까 모교 모교 그러잖아!"

현묵이가 커피를 타는 사이 성혁은 소주를 따라 단숨에 들이켰다.

"인제읍으로 이살 나가, 중학교 때 현묵이 너를 만난 게 내겐 행운이었지."

"행운은 뭐. 내가 뭐 해준 게 있다고?"

"아니야. 이 산골짜기에서 전학 간 나를 다른 애들과는 달리 괴롭히지도 않고 친절하게 대해줬잖아? 정말 많이 고마웠어! 지금도 고맙고. 자, 내 술 한잔 받아."

"그래. 우리, 함께 낚시 좀 자주 다녀야 하는데……."

"그래야 하는데……."

예전에는 한 달에 두 번꼴로 둘이서 낚시를 다녔었다. 1년에 한 차례는 바다낚시도 가곤 했었다. 하지만 2년 전부터는 그러지 못했다. 작년 10월에 현묵이가 하도 졸라 억지로 따라간 대청호 낚시가 마지막이었다. 현묵이 말대로 마음을 좀 잡아보려는 의도였었다. 그러나 전혀 효과가 없었다.

"낚시를 해도 마음이 영 안 잡혀!"

고개를 돌려 이태균을 바라보았다. 다시 속에서 열불이 타올랐다. 심장이 터질 듯 뜨거워졌다. 속을 식히기 위해 연거푸 두 잔이나 소주를 들이부었다. 하지만 헛일이었다.

"성혁아, 술은 그만하고 이 커피 마셔."

현묵이가 커피를 타서 내밀었다. 성혁은 종이 잔을 받아 들긴 했으나 마시지는 않았다. 묵묵히 커피 잔 속을 내려다보았다. 까만 커피 표면에서 허연 수증기가 꼬불꼬불 올라왔다. 그 모양이 마치 독사가 달려드는 것 같아 흠칫 놀랐다.

"현묵아! 나, 잠깐 차에 갔다 올게. 뭐 가져올 게 있어."

"그래! 갔다 와."

교실 밖으로 나가 학교 뒷마당에 세워둔 승용차로 향했다. 승용차 뒷문을 열고 바닥에 처박아둔 이태균의 책가방을 들고서 다시 교실로 돌아왔다.

"저 녀석 가방이야. 뒤져봐야 해."

이태균의 가방을 거꾸로 들고 흔들었다. 속에 든 내용물이 후두둑 쏟아졌다. 쏟아진 내용물을 손으로 흩트려 넓게 폈다. 교과서 두 권, 낯 뜨거운 미국 도색잡지 한 권, 음란 폭력 일본 만화가 두 권. 책이라고는 그게 전부였다. 미제 말보로 담배도 한 갑 있었다.

3분의 1 정도 피운 것이었다.

가방 안쪽 작은 주머니를 뒤졌다. 지폐가 꽤 많았다. 만 원권, 오천 원권, 천 원권이 섞여 모두 20만 원이 넘는 액수였다.

"나쁜 놈의 새끼! 이거 다 애들한테 빼앗은 거지?"

이태균을 잡아먹을 듯 노려보며 물었다. 이태균이 고개를 가로저었다. 그러면서 뭐라고 옹알거렸다. 빼앗은 게 아니고 아이들이 자진해서 바쳤다는 소리 같았다. 그 소리에 화가 울컥 치솟았다.

"뭐? 애들이 자진해서 줬다고?"

소주병을 집어 힘껏 던졌다. 이태균의 악마 같은 얼굴을 겨냥해 던진 것이었다. 그러나 직선으로 날아간 소주병은 이태균을 아슬아슬하게 비켜 나가 뒤쪽 책상다리에 맞았다. 소주병이 산산조각나며 사방으로 파편을 뿌렸다.

"아ㅇㅇㅇㅇㅇ!"

이태균이 겁에 질린 표정으로 크게 중얼거렸다. 이번에는 무슨 말인지 알아들을 수가 없었다.

"현묵아, 저놈 저거 뭐라고 지껄이는 거냐?"

"글쎄? 야, 다시 천천히 말해봐!"

이태균이 다시 뭐라 말을 했다. 그러나 마찬가지였다.

"아, 답답하네!"

성혁은 이태균에게 다가가 입을 봉한 테이프를 찢고, 재갈로 넣은 걸레쪼가리를 빼냈다.

"뭐라고? 다시 말해봐! 어서!"

"아저씨, 잘못했어요. 다신 안 그럴게요. 용서해주세요."

이태균이 울음기가 섞인 목소리로 용서를 빌었다. 눈물도 글썽였다.

"뭐를? 뭐를 잘못했는지 말해봐, 새끼야!"

이태균을 내려다보며 다그쳐 물었다.

"몰라요. 그냥 다, 다 잘못했어요."

"뭐? 몰라? 이걸 확!"

"어? 성혁아, 이거 칼이다. 와봐."

이태균의 뺨을 한 대 갈기려는 순간, 현묵이가 칼을 집어 들었다. 가서 보니 손잡이에 달린 버튼을 누르면 칼날이 튀어나오는 잭나이프였다.

"너, 이 칼은 왜 산 거야?"

현묵이가 이태균에게 물었다.

"산 게 아니라 선, 선물 받은 거예요."

"선물? 이런 칼을 누가 선물해?"

"그, 그냥 아는 혀, 형이요."

"아는 형 누구?"

성혁이가 눈을 부라리며 다그쳤다.

"학배 형이라고 중앙로파에서 일하는 선배 형 있어요."

"봐. 저 새끼가 저런 놈이라고. 앞길이 훤한 놈이라고."

"성혁이 너, 중앙로파 알아?"

아는 조폭 패거리였다. 성혁은 현묵에게서 잭나이프를 건네받고 설명을 했다.

"작년 여름에 남부시장 나이트클럽에서 깡패 새끼들끼리 패싸움 있었잖아? 한 놈이 칼에 찔려 죽고 한 놈은 배와 옆구리를 찔려 중태였다는 그 사건 말야. 신문에 크게 났었잖아?"

"그래! 본 것 같다. 뉴스에도 나오고."

"그게 중앙로파 놈들이 남부시장까지 세력을 확장하려고 코뿔소파 놈들 본거지를 습격해서 일어난 사건이야. 저 새끼 저거 출셋길이 보장된 새끼군. 중앙로파 선배가 칼을 선물로 다 주고. 쓰레기 같은 새끼! 이 칼 언제 선물 받은 거야?"

소리쳐 묻고는 칼을 흔들어 보였다. 칼날이 버너 불빛에 번쩍거렸다.

"저번 2월달 중학교 졸업식 때요."

"그놈이 무슨 선배야? 몇 살이고?"

"중학교 5년 선배요. 나이는 스물둘, 셋 정도……."

성혁은 바닥에 떨어진 이태균의 휴대폰을 주워 들었다. 최신 스마트폰이었다. 전원을 켜고 저장된 사진부터 살폈다.

“현묵아, 이거 좀 봐라.”

“뭐야?”

현묵이에게 사진을 한 장 한 장 보여주었다.

“여학생들 치마 속을 찍은 거네. 어? 이건 여선생들 같은데? 화장실에서 용변 보는 걸 찍은 거네. 저놈, 재주도 좋네. 이런 걸 어떻게 찍었을까?”

저장된 사진은 주로 여학생들 치마 속 사진이나 젖가슴 사진이었다. 동영상도 몇 개 저장되어 있었다. 첫 번째 것을 택해 재생 버튼을 눌렀다. 화면이 즉시 나타났다. 긴장이 되었다.

으슥한 골목길, 이태균과 그의 패거리들이 체격이 작은 한 남학생을 잡아놓고 집단 폭행을 가하는 장면이 나왔다. 목소리도 생생했다. 성혁은 눈을 크게 뜨고 귀를 기울였다.

“좀 더 세게 때려! 피가 팍 튀어야 멋있지, 썹탱아!”

이태균이 그 장면을 촬영하며 자기 똘마니들에게 지시를 했다. 그러나 성에 차지 않는지 자신이 직접 폭행 시범을 보였다.

“아, 이 븅신들아, 그게 아니고. 비켜! 내가 시범을 보일 테니.”

이태균은 쓰러진 학생을 일으켜 세운 뒤 주먹으로 치고 발로 차며 무자비한 폭행을 가했다. 얼굴이 온통 피투성이가 된 그 학생이 잘못했다고 비는데도 멈추지 않았다. 피를 보자 오히려 더 흥분을 해 미친 황소처럼 날뛰었다.

"야! 앞으로 날 보면 즉시 눈깔 아래로 깔고 허리 90도로 꺾어! 알았지?"

그 동영상을 보며 성혁은 어금니를 빠드득 갈았다. 그러다 이태균을 매섭게 노려보고 큰 소리로 물었다.

"너, 이 새끼! 이거 언제 촬영한 거야?"

이태균은 대답하지 않고 시선을 피했다. 저장 날짜를 보니 지난 3월 초였다.

다시 동영상을 보았다. 이태균은 희생양이 된 학생의 주머니를 뒤져 만 원짜리 한 장과 천 원짜리 몇 장을 챙겼다. 그러더니 그 학생의 뺨을 툭툭 치며 경고했다.

"너, 일주일에 한 번씩 5만 원 상납해! 안 그러면 개아작 나는 수가 있어. 알았어, 몰랐어?"

작은 학생이 알았다고 대답을 하는데도 이태균은 더 큰 소리로 대답하라며 계속 뺨을 때렸다. 작은 학생의 뺨이 벌겋게 부어올랐다.

"네가 알아서 기면 학교생활이 천국처럼 편할 거고, 그렇지 않으면 매일매일 지옥이 될 거야. 명심해둬!"

재미가 있는지 연신 킬킬거리면서 귀를 잡아 세게 비틀기도 했다. 심지어 넥타이를 바짝 조인 다음 뒤에서 잡아당기는 짓까지 서슴지 않았다.

“저 새끼를 그냥……!”

그 장면에 성혁은 분노가 치솟았다. 벌떡 일어나 다시 이태균에게 성큼성큼 다가갔다. 그 기세에 놀란 이태균이 벌레처럼 꿈틀거렸다.

“이 개 같은 새끼!”

이태균에게 두어 번 발길질을 가했다. 있는 힘껏 찬 발길질이었다. 배와 옆구리를 걷어차인 이태균이 우거지상을 쓰고 숨을 헐떡였다.

“너, 오늘 죽여버릴 거야!”

틈을 주지 않고 허리를 굽히며 주먹으로 이태균의 얼굴을 가격했다. 하지만 이태균이 머리를 움직여 제대로 맞지 않았다. 다시 멱살을 움켜잡고 턱을 서너 차례 세게 때렸다. 이태균의 입에서 검붉은 피가 흘러나왔다.

“잘못했어요. 정말 잘못했어요. 살려주세요.”

그의 말을 무시하고 성혁은 옆에 있는 의자를 집어 높이 치켜들었다. 이태균의 머리를 내리쳐 숨통을 끊어놓을 작정이었다. 끓어오르는 분노를 도무지 주체할 수가 없었다.

“에잇!”

“그만해, 성혁아!”

이태균의 머리를 향해 막 의자를 내려치려는 찰나, 현묵이가 팔을 잡았다.

"이제 됐어! 그만하자, 성혁아!"

"놔! 이 손 놔! 이 새끼, 오늘 죽여버릴 거야!"

"그만하래도!"

현묵이가 의자를 빼앗아 멀리 교실 바닥으로 던졌다.

"자! 자! 진정하고 저리 가서 앉자. 응? 어서!"

성혁은 현묵이에게 이끌려 버너 옆으로 가 앉았다. 분노가 좀체 가라앉지 않았다.

"설마 했는데, 다 사실이었어. 현묵아! 나, 나……."

목이 메었다. 말이 나오지 않았다.

"어흐흐으!"

말 대신 울음이 터져 나왔다. 한번 터진 울음은 멈추질 않았다. 아무리 참아보려 애를 써도 헛일이었다.

"어흐으―."

성혁은 성난 사자처럼 울부짖었다. 두 주먹을 바스러져라 움켜쥐고 교실 바닥을 연거푸 내리쳤다. 그러다 자신의 머리카락을 움켜잡고 마구 잡아 뜯기도 했다.

"성혁아! 자, 이 커피 마시고 나가서 바람 좀 쐬고 와. 내가 새로 탔어."

"……!"

"바람 좀 쐬고 오면 진정이 될 거야. 어서."

성혁은 이태균의 휴대폰에 저장된 나머지 동영상을 마저 보고 싶었다. 얼마나 더 엄청나고 충격적인 내용이 담겨 있는지 똑똑히 확인을 하고 싶었다.

"얼른 나가서 흥분 좀 가라앉히고 와! 그게 좋겠어."

"너, 저 녀석 감시 잘하고 있어. 재갈 다시 물리고, 테이프로 입도 다시 봉해!"

"걱정 말고, 어서 학교나 한 바퀴 돌고 와."

커피를 들고 교실 밖으로 나갔다. 복도를 지나 운동장으로 내려갔다. 골짜기 바람이 불어와 벚꽃나무 가지들이 와르르 몸을 떨었다. 벚꽃나무 아래에 서서 커피를 다 마신 뒤 교문 쪽으로 걸어갔다. 걸음이 무거웠다. 그래도 저수지까지 천천히 가볼 참이었다.

교문을 나가 몇몇 폐가를 지나고, 계곡 길로 접어들어 첫 번째 굽이를 돌았을 때였다. 휴대폰 벨이 울렸다. 주머니에 손을 넣어 휴대폰을 잡았다. 하지만 더 이상 벨이 울리지 않았다. 단 두 번 울리고 끝이었다. 전화 연결이 잘 안 되는 산속 깊은 골짜기이기에 그러려니 여겼다. 그러면서 폴더를 열어 발신자 확인을 했다. 발신자는 표시되지 않고, 액정 화면에 이상한 글자가 한 줄 떠 있었다. 변형된 한글에 기호와 숫자 투성이로 해독할 수 없는 것이었다. 전송 과정에서 오류가 발생한 모양이었다.

"이게 이제 구닥다리가 됐어."

결혼기념일 날, 아내와 읍내에 외식을 하러 나가서 세트로 구입한 것이었다.

"와! 이거 예쁘다. 여보! 우리 기념으로 오늘 휴대폰 바꿔요."

인제 읍내 터미널 부근에서 아내는 새 휴대폰으로 바꾸자고 애원을 해댔다.

"요금은 젊은 애들처럼 커플 요금으로 하고요. 내가 돈 낼게요. 하하하!"

"당신이 통신 요금 낸다고? 그럼 좋지!"

그렇게 해서 똑같은 모델로 흰색과 검은색을 구입했었다. 4년 전의 일이었다.

성혁은 씁쓸하게 웃으며 점퍼 안주머니에서 다른 휴대폰을 꺼냈다. 자신의 것보다 최신 모델이었다. 폴더를 열고 전원 버튼을 눌렀다. 액정 화면에 불이 들어오고 사진 한 장이 떴다. 걸음을 멈추고 서서 사진을 내려다보았다. 슬픔이 북받쳐 올라 가슴이 미어터지는 것 같았다.

새로운 메시지 한 통이 도착해 있었다. 얼른 확인 버튼을 눌렀다. 문자는 짤막했다.

─윤빈아!!!!!!! 나도 곧…….

이름 뒤에 반복적으로 이어지는 느낌표. 최보림이라는 그 여자 아이가 틀림없었다. 그 아이가 2주 전쯤에 보낸 문자였다. 그동안 보낸 문자는 모두 다섯 통. 5개월에 한 통 꼴이었다. 똑같이 이름과 느낌표만 보낸 문자였었다. 그런데 이번에는 좀 달랐다. '나도 곧……'이라는 말이 뒤에 붙어 있었다. 불길한 예감이 들었다.

"끄음!"

된 신음을 토해낸 뒤 전원을 껐다. 그동안 수십 차례 답장도 보내고 통화도 시도했었다. 그러나 모두 실패였다. 잠시 휴대폰을 만지작거리다가 도로 안주머니에 집어넣었다.

저수지가 가까워질수록 발걸음은 더욱 무거워졌다. 흡사 발목에 바윗덩어리를 매단 듯 걸음을 옮기기가 무척이나 힘이 들었다. 몸도 휘청거렸다. 겨우겨우 모퉁이 길을 돌아섰을 때였다. 이제 둑길만 오르면 저수지가 보일 지점이었다. 또 휴대폰 벨이 울렸다. 이번에는 요행히 끊이지 않고 계속 울려댔다.

"여, 여보세요? 예! 맞습니다. 제가 김성혁입니다."

아내가 입원해 있는 정신요양원에서 온 전화였다.

"예? 제 아내가 또요? 죄송합니다. 잘 좀 붙잡아주십시오! 필요하다면 그렇게라도 해주세요."

아내가 자꾸 병실 밖으로 나가려 한다는 전화였다. 병실 문을 잠그면 밤새 출입문을 때려 부술 듯이 두드려댄다는 불만이었다. 이제 진정제를 놓아도 별 효험이 없다고 투덜거렸다.

“지금 상태는 어떤지요?”

더욱 심해지고 있다는 대답을 다 듣기도 전에 전화는 또 끊기고 말았다.

“아아아!”

성혁은 괴로움에 몸이 휘청거렸다. 현기증도 났다. 눈앞이 노랬다. 절벽에 돌출된 나무뿌리를 잡고 가까스로 버텼다. 심장이 터질 듯 두근거렸다. 빠르게 심호흡을 해보았으나 소용이 없었다.

“이, 이…….”

혼자서 저수지에 갈 수는 없었다. 이태균을 끌고 가야만 했다. 끌고 가서 무릎을 꿇려야 했다. 그러려고 이태균을 납치해 온 것이었다.

몸을 돌렸다. 폐분교를 향해 빠르게 걸었다. 교문으로 들어서자마자 운동장을 가로질러 뛰었다. 지체 없이 별관동으로 들어갔다. 쿵쾅쿵쾅 복도를 걸어가 교실 문을 열어젖혔다.

“……?”

없었다. 이태균이 보이지 않았다. 이태균뿐만 아니라 현묵이도 없었다. 아무리 둘러보아도 눈에 띄지 않았다. 가슴이 철렁했다.

“현묵이 이놈이 그 새끼를?”

교실 바닥에는 이태균을 묶었던 테이프가 끊어져 있었다. 복도로 뛰어나가 뒷마당을 살폈다. 현묵이의 그랜저 승용차도 보이지 않았다. 휴대폰을 꺼내 급하게 현묵이의 번호를 눌렀다. 전원이 꺼져 있다는 안내 멘트가 흘러나오다 끊어졌다. 다시 걸어보아도 마찬가지였다.

"이런 씨!"

교실로 되돌아가 쓰러지듯 앉았다. 소주병을 들고 벌컥벌컥 마셨다. 배낭에 들어 있던 소주까지 다 꺼내 미친 듯이 마셔댔다. 안주도 없이 강소주를 입속에 마구 들이부었다.

"어떻게…… 어떻게…….”

정신이 멍한 게 도대체 어떻게 해야 좋을지 아무것도 생각나지 않았다. 그저 눈물만 하염없이 흐를 뿐이었다. 앉은자리에서 소주 세 병을 마시자 온몸에 맥이 다 빠지며 몸이 축축 늘어졌다. 정신도 몽롱해졌다. 버텨보려 했으나 도무지 버틸 수가 없었다.

"여보! 여보!"

허공을 향해 아내를 두어 차례 부른 성혁은 옆으로 쓰러지고 말았다. 졸음이 몰려들었다. 다시는 뜨지 못할 듯 눈꺼풀이 무겁게 내려 감겼다. 하지만 눈물은 눈꺼풀을 뚫고 끊임없이 흘러내렸다.

3장 · 지옥에서 천국으로

새 옷으로 갈아입으면서 태균은 히죽히죽 웃었다. 옆구리가 쑤시고 아팠지만 자꾸 웃음이 새어나왔다.

"맘에 드냐?"

"예. 뭐 그런대로……."

"어울린다. 가자, 이제!"

옷이 마음에 들어서 웃는 게 아니었다. 생각할수록 상황이 우스웠다. 지옥불에 떨어졌다가 천국으로 뛰어오른 기분이었다. 으음! 그놈이 바로 그 새끼 아버지였군! 재수 없는 놈! 감히 나를 건드려? 내가 가만두지 않겠어. 썹탱 쉐끼! 태균은 속으로 욕을 퍼부으며 옷가게를 나섰다.

"어서 타라. 얼른 가자."

“……!”

“앞좌석에 타. 뒷좌석은 지저분하니까.”

앞좌석에 앉자마자 태균은 시트에 뒷머리를 기댔다. 눈을 반쯤 감았다. 죽는 줄 알았는데? 겁을 먹어 오줌까지 지렸는데? 정말로 세상은 웃기는 곳이었다. 너무나도 재밌는 곳이었다. 어금니를 악 물었다. 주먹을 움켜쥐었다. 앞으로는 어떠한 상황에서도 절대 절망을 하거나 겁을 먹지 않으리라. 마음이 내키는 대로 멋지고 화끈하게 살아보리라. 다짐을 했다.

“피곤하면 좀 자. 두 시간이면 도착할 거야.”

“……!”

“아까 내가 말한 것처럼 다 잊어버리고. 없었던 일로 하기로 했지?”

“예!”

대답은 그렇게 했으나 잊을 수는 없는 일이었다. 내가 잊기는 왜 잊니, 개쉐야? 열 배 백 배로 복수를 할 거다. 두고 봐라! 태균은 성혁에게 이미 복수의 칼을 갈고 있었다.

돌이켜보니 그동안 지옥에 떨어졌다가 천당으로 오른 일이 몇 번 있었다.

초등학교 5학년 때의 일이 앞 유리창에 떠올랐다. 그날 아침 등교를 하자마자 교무실로 불려 갔다. 담임의 얼굴이 시멘트 벽돌처럼 굳어 있었다. 며칠 전 원주에서 전학을 온 아이하고 그 아이 엄마로 보이는 아줌마도 함께 있었다.

"태균이 너, 애한테서 돈 빼앗았니?"

"돈이오? 아니요!"

시치미를 뚝 잡아뗐다.

"네가 어제 3천 원 빼앗았다는데?"

"그, 그건 빼앗은 게 아니라 꾸, 꾼 거예요."

"꾼 거라고? 태균이 말이 맞니?"

"아니요. 왜 꼬나보냐면서 저를 막 때리고, 주머니를 뒤져 돈을 빼앗아 갔어요."

원주 아이가 사실대로 말했다.

"거 봐요, 선생님! 저 애 그냥 놔두면 안 돼요. 경찰에 넘겨서 단단히 혼을 내줘야 한다고요."

아줌마가 침을 튀기며 큰 소리로 떠들어댔다. 경찰이라는 말에 가슴이 철렁 내려앉고 손이 떨렸다.

"너, 애를 때리기는 왜 때린 거야?"

"그건 애가 머, 먼저 저를 째려봐서……."

"아니에요, 선생님! 저는 째려보지 않았어요. 그냥 슬쩍 쳐다본 것뿐이에요."

"선생님! 단단히 혼을 내야 해요. 이 애 그냥 놔뒀다가는 바늘

도둑을 소 도둑으로 키우는 거예요. 제가 그런 경우 여러 번 봤어요. 경찰에 신고부터 하세요. 안 하면 제가 하겠어요.”

눈을 부릅뜨고 계속 경찰 얘기를 하는 걸로 보아 겁을 주려고 그러는 게 아닌 것 같았다. 아무래도 안 되겠다 싶었다.

“어머니! 다시는 이런 일이 없도록 제가 단단히 혼을 낼게요. 태균이 애, 여태 큰 말썽 없이 학교생활 잘해왔어요. 그런데 사춘기가 되었는지…….”

무릎이라도 꿇을까 생각하는데, 다행히도 담임이 변호를 하고 나섰다.

“너, 얼른 잘못했다고 빌어!”

“자, 잘못했어요. 앞으로는 사이좋게 지낼게요. 돈도 돌려주고요.”

“어머니! 한 번만 용서해주세요. 이 애 장래를 위해서라도요. 제가 이 애 엄마한테 전화를 해서 집에서도 단단히 혼을 내라고 부탁할게요.”

아줌마한테 담임이 사정사정했다. 잠시 망설이던 아줌마가 입술에 침을 발랐다.

“너, 정말이지? 다시는 안 그러는 거지?”

“예! 다시는 안 그럴게요.”

“좋아! 이번 한 번만 용서해주지. 교실에 가자마자 돈 돌려줘!”

원주 아이와 아줌마가 교무실 밖으로 나갔다. 담임이 엄마한테 전화를 걸었다. 담임은 차분한 목소리로 대략적인 내용을 설명해 줬다. 수화기를 타고 엄마 음성이 조그맣게 들려왔다. 담임이 대답했다.

"네! 말씀대로 겨우 3천 원일 수도 있지만, 그래도 아시고는 계셔야 할 것 같아서요. 그리고 어머님도 태균이 학교생활에 좀 더 관심을 가져주셨으면 좋겠고요. 요즘 애들은 사춘기가 일찍 시작되어서……."

담임이 전화를 끊고 말했다.

"태균이 너, 다시는 그러지 마!"

"예!"

"집에 가면 엄마한테 혼 좀 날 거야. 각오해! 엄마 많이 화나셨으니까."

"예!"

건성으로 대답했다.

"얼른 들어가! 수업 시작종 곧 울릴 거야."

잔뜩 겁을 먹고 있었는데 일이 너무 싱겁게 끝나고 말았다. 교실로 돌아가자마자 원주 아이의 얼굴에 3천 원을 휙 뿌렸다. 그러면서 주먹을 들어 흔들며 앞으로 조심하라는 경고를 해주었다.

한번 옛 생각에 빠져들자 과거의 기억들이 줄줄이 사탕처럼 잇따라 떠올랐다. 눈앞에 초등학교 6학년 때 여자 짝 아이의 얼굴이 또렷이 나타났다. 5학년 때의 담임 말대로 사춘기가 일찍 시작되었는지 자꾸 여자애들의 가슴과 엉덩이로 시선이 가 머물렀다.

어느 늦은 봄날이었다. 짝 아이가 짤막한 치마를 입고 학교에 왔다. 팬티가 보일락 말락 할 정도로 아주 짧은 치마였다. 수업 시간 내내 신경이 쓰였다. 등하굣길에서 자주 보았던 룸살롱 광고지가 시야에 어른거렸다. 나체의 여자 사진이 선명하게 인쇄된 명함 크기의 전단지였다. 호기심이 강하게 일었다.

5교시가 끝났다. 쉬는 시간 내내 가만히 앉아 있던 짝 아이가 화장실에 가기 위해 복도로 나갔다. 다음 수업 시간이 시작되기 불과 3분 전이었다. 뒤를 쫓았다. 복도에는 아이들이 별로 없었다. 매우 급한지 짝 아이는 빠른 걸음으로 걸었다. 걸음을 걸을 때마다 치마가 나비처럼 나풀거렸다. 팬티가 보였다 안보였다 하며 호기심을 더욱 부추겼다. 짝 아이가 여자 화장실로 들어가기 바로 직전, 바짝 다가가 한 손으로 치마를 들췄다. 그와 동시에 다른 손을 팬티 속으로 깊숙이 집어넣었다.

"아악—!"

짝 아이가 비명을 내질렀다. 낄낄거리면서 얼른 도망쳤다. 뒤에서 짝 아이의 울음소리가 들렸다. 그 울음소리는 복도를 타고 널리 퍼져나갔다.

"태균이 너, 이 자식! 왜 그런 짓을 한 거야?"

“모르겠어요. 그냥 갑자기 저도 모르게 호기심이 생겨서…….”

“또 그럴 거야?”

“아니요! 다시는 안 그러겠습니다. 앞으로는 진짜 죽어도 안 그러겠습니다. 맹세합니다, 선생님!”

두 손을 모으고 최대한으로 반성하는 표정을 지었다.

“정말이지?”

“네! 정말입니다. 진짜 정말입니다.”

“좋아! 내가 한 번 용서해주지!”

“감사합니다. 감사합니다, 선생님!”

머리가 바닥에 닿도록 허리를 굽혔다. 담임이 어깨를 툭툭 쳐주며 말했다.

“나도 남자니까 그런 호기심 다 이해해! 어쩌면 그러는 게 정상일 수도 있어! 허허허!”

남자 담임이 허허허 웃었다.

“요즘 애들도 우리 클 때랑 비슷해요. 으하하!”

“그럼요! 남자들 심리 어디 가나요?”

다른 남자 선생님들도 한마디씩 하고 따라 웃었다.

“앞으로 그러지 마! 알았지?”

“네!”

“내일부터 자리를 맨 뒤로 옮겨서 당분간 혼자 앉아!”

차는 구불구불한 산길을 천천히 달리고 있었다. 옅게 끼었던 안개가 다 걷히자 산자락 여기저기에 만발한 봄꽃들이 드러났다. 무더기 무더기로 피어 있는 각양각색의 꽃들은 아침 햇빛을 받아 눈이 부시도록 아름다웠다. 좋은 날씨였다. 태균은 태양도 자기를 위해 뜨고, 꽃도 자기를 위해 피는 것이라 생각했다. 세상이 온통 자기편인 것 같았다. 그렇게 생각하니 어깨에 힘이 쏠리고 두 주먹이 불끈 쥐어졌다.

"와! 저 꽃들 좀 봐라. 울긋불긋한 게 꼭 꽃 대궐 같다. 태균이 너, 배고프냐?"

"아니요."

"배고플 텐데? 우리 양구에서 아침 먹고 갈까?"

"안 고파요."

태균은 고개를 가로저었다. 그냥 빨리 집에 가고 싶었다. 정확하게는 집이 아니었다. 집에 가봐야 반겨주는 사람이 아무도 없을 테고 금방 또 나올 것이 뻔하기에 밤늦게 들어갈 생각이었다. 휴대폰을 꺼내 들고 문자를 보냈다.

― 째리야, 애들 데리고 지하상가 돈까스 월드로 11시까지 나와! 나, 싸우나에 들렀다가 그리로 갈 테니까.

금방 답 문자가 왔다.

― 오케이! 굿! 베리 굿! 근데 너 어디 갔었냐? 이번에는 또 어느

여자애랑 신나게 놀고 오는 거냐? ㅋㅋㅋ

휴대폰을 넣고 눈을 감았다. 이번에는 중1 때의 일이 머릿속에서 생생하게 재생되었다. 신북초등학교 출신인 녀석은 덩치가 백두급 씨름선수와 비까비까했다. 하지만 녀석에게 짱 자리를 양보하고 싶지 않았다. 그런 변두리 촌놈이 반에서 짱을 하게 내버려둔다는 건 시내 중심가 출신으로서 도저히 용납할 수 없는 일이었다. 그러나 문제가 있었다. 정정당당한 싸움으로는 녀석을 이길 자신이 없었다.

서로를 견제하는 팽팽한 긴장감 속에서 며칠이 지났다. 수요일, 수업이 다 끝나고 담임의 종례만 남겨놓았을 때였다. 뒤통수가 따끔따끔해 가만가만 고개를 돌렸다. 그 순간 옆줄 맨 뒤에 앉아 있던 녀석과 눈길이 마주쳤다. 녀석이 주먹을 들어 보였다. 그러면서 입꼬리를 길쭉이 늘였다. 그건 분명 가소롭다는 뜻이 담긴 비웃음이었다. 화가 치솟았다. 가슴이 뛰었다. 심호흡을 여러 차례 해보았으나 화는 좀체 가라앉지 않았다.

더 이상 참을 수가 없어서 가만히 일어났다. 샤프 연필을 주머니 속에 넣고 꽉 움켜쥔 채로였다. 화장실에 가는 척 교탁을 지나 앞문으로 나갔다. 살금살금 복도를 걸어 뒷문으로 다시 들어왔다. 떡대 녀석은 책상 위에 놓인 책가방을 끌어안은 자세로 엎드려 있었다. 절호의 기회였다. 빠른 걸음으로 녀석에게 다가갔다. 다가가자마자 주머니에서 샤프 연필을 꺼내 높이 치켜들었다. 그리고 녀석의 머리통을 향해 내려찍었다.

다음다음 날 엄마, 아빠가 다 학교로 불려 왔다. 그 녀석의 엄마와 아빠도 마찬가지였다. 담임이 마련한 화해의 자리였다. 하지만 분위기가 무거웠다.

"아니? 애를 어떻게 키웠기에 우리 애를 이 지경으로 만들어놔요?"

떡대 엄마가 머리에 허연 붕대를 친친 돌려 감은 녀석을 가리키며 물었다.

"하이고! 이거 참 죄송하게 됐습니다."

아빠는 그 소리만 반복하며 커피 잔을 들었다 놨다 했다.

"미안합니다. 치료비 변상을 해드릴게요."

엄마가 머리를 한 번 숙여 보인 뒤 말했다.

"지금 치료비가 문제가 아니에요. 조금만 더 깊이 들어갔더라면 어쩔 뻔했어요?"

"이건 살인미수입니다. 살인미수! 전치 3주 진단이 나왔다고요."

녀석의 아버지가 아빠를 째려보았다.

"살인미수라뇨? 우리 태균이가 진짜 죽이려는 마음이 있었으면 고작 그깟 샤프 연필로 찍었겠어요?"

"뭐라고요?"

녀석의 아버지가 소파에서 벌떡 일어났다. 표정이 시멘트보다 더 딱딱하게 굳어 있었다.

교감 선생님과 담임이 진정을 시켜 가까스로 다시 앉혔다.

"뭐, 우리 애가 잘했다는 말은 아닙니다. 하지만 애들은 다 싸우면서 크는 겁니다."

"싸워도 정도껏 싸워야죠. 이건 흉기를 휘두른 거잖아요? 흉기를요!"

"참, 아주머니도! 샤프 연필이 무슨 흉깁니까? 크하하!"

"뭐예요?"

녀석의 엄마가 도끼눈을 뜨고 아빠를 노려보았다. 아빠가 두 손을 들어 보이며 말했다.

"알았습니다. 너무 흥분하지 마십시오. 여기서 교감 선생님, 담임 선생님이랑 말씀 나누세요. 저는 아버님이랑 밖에 나가 따로 긴히 할 말이 있으니까요. 아버님, 저랑 잠깐 나가시죠."

아빠가 먼저 일어나 교무실 출입문으로 걸어갔다. 녀석의 아버지도 곧 일어나 아빠를 뒤따랐다. 그리고 20분이 채 되지 않아 둘이서 함께 들어왔다. 딱딱하게 굳어 있던 녀석 아버지의 얼굴이 부드럽게 풀려진 상태였다.

떡대 녀석이 자기 부모와 먼저 가고, 아빠는 담임과 교감을 따로 만났다.

"어떻게 됐어요?"

"응! 얘기 다 잘됐어."

"그러면 우리 태균이한테 별일 없는 거죠?"

"그럼! 뭔 별일이 있어? 아무 걱정 마! 야! 태균아! 너, 대단한 놈인데! 응? 그런 떡대를 샤프 연필 하나로 단숨에 제압하고 말야. 내 아들, 역시 대단해! 크하하하!"

교무실에서 나와 승용차로 걸어가면서 아빠가 머리를 쓰다듬어 주었다.

"이 아빠도 학창 시절에 주먹 좀 썼었지. 내 똘마니들이 적게 잡아 열 명은 됐었어! 남자는 말이야, 공부고 뭐고, 이 힘이 최고야, 힘! 안 그래, 여보?"

"얻어맞고 들어오는 것보단 백 배 낫지요. 서울 사는 이모 아들 은수 좀 봐라. 허구한 날 얻어터지고 들어오니, 니 이모가 아주 속상해서 죽으려고 한다, 죽으려고 해!"

"태균이 너, 무슨 방법을 쓰든 상대를 이겨야 해! 일단 이겨놓고 보는 거야. 아빠 말 알겠지?"

"예!"

"그래! 어디 가서 절대 얻어맞지는 마! 뒤는 엄마하고 아빠가 다 알아서 처리해줄 테니까!"

승용차는 배후령 고개를 넘어 신북읍을 지나 춘천 시내로 진입

했다. 15분쯤 더 달려 미군 부대 앞을 통과해 인성병원 앞에 이르렀다.

"아저씨, 저는 저기 저 싸우나 앞에서 내려주세요."

"싸우나?"

"예. 목욕 좀 하려고요."

"어, 그래! 알았어. 나하고 한 약속 잊지 마!"

"걱정 마세요, 안 잊어요."

그렇게 대답하고 차 문을 열었다.

"고맙다. 너만 믿는다. 혹, 돈 더 필요하면 말해."

"돈 더 필요 없어요."

"그러니? 그럼 잘 가고. 공부 열심히 해라. 누구나 한때는 잘못할 수도 있는 거야. 그렇다고 너무 기죽지 마."

씨익 웃고서 차 문을 꽝 닫았다.

태균은 곧장 사우나로 들어갔다. 막상 들어가 보니 말이 사우나지 목욕탕이나 다름없었다. 다른 곳으로 갈걸! 후회가 되었다. 오전 시간이라 손님은 거의 없었다. 쭈글쭈글한 노인들 대여섯 명이 고작이었다. 그들을 보자 태균은 저절로 인상이 쓰였다. 노인이라면 그냥 무조건 싫었다.

배가 출출해 우선 간단한 요기부터 하기로 했다. 11시가 되려면 아직 한 시간이나 남아 있었다. 매점 쪽문을 열었다.

"삶은 계란 세 개 주세요!"

"응?"

"삶은 계란이오."

"으응! 몇 개나 줘?"

"세 개라고 그랬잖아요!"

소리를 꽥 질렀다. 매점 노인네가 가는귀를 먹은 모양이었다.

"아아! 세 개! 자, 여기 한 개, 두 개, 세 개!"

느릿느릿한 동작이 짜증을 돋게 했다.

"아— 씨! 빨리빨리요!"

얼굴에 드문드문 검버섯이 핀 노인네가 고깝다는 듯 쳐다보았다. 마주 바라보며 다른 걸 더 시켰다.

"요구르트도 한 줄 줘요."

"요, 요구르트?"

"그래요. 빨리요!"

요구르트를 또 느릿느릿 건네주었다. 울화가 치밀었다.

"빨대는 안 줘요?"

"빨대는…… 어, 여기! 여기!"

"얼마예요?"

"그러면 그게, 저…….."

노인네가 계산을 하느라 끙끙댔다. 욕설이 터져 나왔다.

“아이! 쓰발! 얼마냐고요?”

“으응! 이, 이천오, 오백 원!”

“이천오백 원? 자, 여기 삼천 원!”

돈을 받은 노인네가 거스름돈을 주려고 동전 통을 뒤적거렸다. 동작이 여전히 굼떴다.

“거스름돈 필요 없어요. 동전은 쩔렁거리고 무거워서 싫어요.”

거스름돈을 받지 않고 뒤돌아서서 가운데 벤치로 향했다.

나무 벤치에 앉아 계란을 까 먹었다. 요구르트에 빨대를 꽂아 다섯 개를 다 마셨다. 배가 차자 조금 살 것 같았다. 옷을 훌렁훌렁 벗어 던지고 샤워실로 들어갔다.

“뭐야? 청소도 제대로 안 해놓고, 왜 이렇게 지저분해?”

인상을 잔뜩 쓰고 바닥에 놓인 비누통을 걷어찼다. 비누통은 저만치 밀려가다가 벽에 부딪혀 뒤집어졌다. 이미 자리를 잡고 있는 노인네들이 눈살을 찌푸리며 바라보았다. 그들을 향해 같이 눈살을 찌푸리면서 안쪽 샤워기 앞으로 가서 섰다. 노인들의 축축 늘어진 피부와 자신의 탱탱한 피부를 비교해보며 샤워를 했다. 그러면서 자신의 몸을 살폈다. 가슴팍과 옆구리에 멍이 시퍼렇게 들어 있었다. 마치 무슨 문신 같았다.

“그래! 문신을 해야겠어! 몸 전체에. 돈이 얼마나 들려나?”

돈이 얼마가 들든지 간에 태균은 온몸에 문신을 하기로 결심했다. 보기만 해도 상대가 겁을 먹도록 흑룡 네 마리가 각기 해골을 한 개씩 물고 있는 것으로 정해버렸다. 전에 어느 조폭 영화에서 본 적이 있는 것이었다.

샤워를 마친 태균은 온탕으로 들어갔다. 원형의 온탕에도 벌써 노인네 두 명이 자리를 잡고 있었다. 머리에 수건을 쓰고 눈을 감은 채 잠든 듯 움직이지 않았다. 출입문이 정면으로 보이는 곳으로 가 앉았다. 목까지 물에 담갔다.

"그 새끼, 감자탕 가게를 한다고 그랬지? 어느 동에서 하는지 알아내야 해!"

춘천 시내에서 한다니까 알아내는 건 시간문제였다.

"반 죽도록 패놓고, 불을 확 질러버릴 거야! 두고 봐! 감히 잠자는 흑룡을 건드려?"

고개를 뒤로 조금 젖혔다. 흥얼흥얼 노래를 부르기 시작했다.

"이런 스벌루미 같은 스발로미야~ 뒈지고 싶냐~ 뒈질래~."

노랫소리에 노인네 두 명이 눈을 떴다. 곱지 않은 시선으로 바라보는 그들을 무시하고 태균은 점점 큰 소리로 노래를 불렀다. 노인네들이 들릴 듯 말 듯 투덜거리면서 탕 밖으로 나갔다.

"원, 별!"

"어으흠!"

탕 속에 혼자 남은 이태균은 고개를 좌우로 흔들고 두 발로 물장구를 치며 장단을 맞췄다. 곧 자기 흥에 취한 그는 목소리를 더욱 크게 했다. 상스런 노랫소리가 탕을 가득 채우고도 넘쳐, 한 뼘쯤 열린 창문을 통해 밖으로 퍼져나갔다.

"완, 투, 뜨리, 요 철리 말리 길~ 조까라 마이싱~ 하!"

4장 · 별똥별

성혁은 늘 열려진 상태로 있는 교문 안으로 차를 몰고 들어갔다. 속도를 줄여 우측 벚나무 그늘 아래에 차를 세웠다.

"다 왔다. 여기가 옛날에 아빠가 다녔던 초등학교야. 내리자."

일요일이라 학교는 한가했다. 가을 운동회를 마친 지 며칠 안 되어 운동장 공중에는 미처 걷어치우지 못한 만국기가 사방으로 걸려 펄럭이고 있었다. 만국기 중에는 바람에 찢긴 태극기도 드문드문 보였다.

"자! 우리, 학교 좀 둘러보고 저기서 좀 놀다가 저수지로 가자."

"짐 내려요, 여보?"

"아니. 짐은 이따가 저수지에 가서 내려야지. 배드민턴 채나 가지고 내려. 내가 학교 구경부터 시켜줄게."

성혁은 아내와 아들을 데리고 우선 본관동으로 갔다.

"아빠가 공부했던 교실이 어디야?"

"그 교실은 없어졌지. 그땐 옛날이라 전체가 목조 건물이었어. 그래서 다 허물고 17, 8년 전에 이 콘크리트 건물을 다시 지은 거지. 저쪽 별관동하고 같이. 그때는 환기구를 통해 교실 밑바닥으로 들어가 사방을 기어 다니면서 몽당연필, 지우개 등을 잔뜩 주워가지고 나오곤 했었는데. 교실 밑바닥에는 헌옷, 싸리 빗자루, 털모자, 찢어진 운동화, 뭐 별거 별거 다 있었어. 자, 이쪽으로 와봐. 옛날에 이쪽에는 토끼장하고 닭장이 있었어."

"토끼장? 토끼도 키웠어?"

"그럼! 우리가 저쪽 계곡에 가서 토끼풀 뜯어다가 먹였었지. 닭 모이도 주고 계란도 거두고."

"와 ─! 재밌었겠다."

"재밌었지! 그런데 들고양이나 족제비가 토끼와 닭을 물어 죽이기도 했어! 그러면 우리는 눈물을 흘리며 며칠씩 슬퍼하곤 했지. 그놈들은 얼마나 교활한지 잡히지도 않아. 빠르기가 바람 같아!"

"어유! 끔찍하다, 아빠! 못된 들고양이 새끼!"

윤빈이는 학교 구석구석을 돌아보며 아주 좋아했다. 교실도 들여다보고 나무와 꽃들도 꼼꼼히 살폈다.

"1, 2학년, 3, 4학년, 5, 6학년이 교실을 같이 쓰나 봐! 교실이 남아도네."

“여긴 산골 학교라 학생들이 없어서 그렇지. 학생이 점점 준다더라. 1, 2학년은 한 명도 없대.”

“요즘 농어촌엔 신입생이 없어서 폐교되는 학교도 많다잖아요.”

“내년에는 신입생이 있겠지, 뭐!”

“아빠! 나, 나중에 선생님이 돼서 이 학교 선생님으로 올 거야. 나는 이런 조그마한 산골 학교가 좋아!”

별관동을 구경하고 운동장으로 향할 때 윤빈이가 말했다. 매우 흐뭇한 표정을 지으면서였다.

“이 학교에? 저번에는 도시에 있는 큰 학교 선생님이 된다더니?”

아내가 의외라는 말투로 물었다.

“아니! 나, 여기가 맘에 들어. 산도 많고, 나무도 많고, 꽃도 많고, 새도……”

“여기도 나쁘지 않지. 하지만 어떻든 네 소원인 선생님이 되려면 공부를 열심히 해야 돼. 알아?”

“공부하면 되지, 뭐!”

아내의 물음에 윤빈이가 큰 목소리로 대답했다. 자신 있다는 말투였다.

“말로만 그러지 말고 진짜 열심히 해야지? 컴퓨터 게임은 좀 줄이고.”

"중학교 가서는 진짜 열심히 할 거야, 엄마! 나 한번 믿어봐!"

"그래! 한번 믿어보지!"

아내가 윤빈이의 머리를 쓰다듬으며 지그시 바라보았다. 사랑이 듬뿍 담긴 눈빛이었다. 윤빈이가 싱글싱글 웃더니 물었다.

"엄마 아빠 소원이 뭐야?"

"아빠는 아담하고 예쁜 흙벽돌집을 짓고 싶어! 시멘트는 하나도 쓰지 않고, 지붕은 파란 하늘 색깔로 칠하고. 나중에 저 위 아빠가 살던 그 양지바른 집터에 꼭 지을 거야. 엄마 아빠 늙으면 둘이서 살 집 말야. 윤빈이 방도 하나 만들어둬야지! 우리 윤빈이 선생님 되면 여기저기 전근 다닐 테니 방학 때 와서 푹 쉴 수 있도록 말이야."

"엄마는 별다른 거 없고, 우리 윤빈이랑 아빠랑 함께 건강하고 행복하게 오래오래 사는 게 소원이야."

"아빠! 그 집, 내가 나중에 커서 어른이 되면 지어줄게. 엄마도 건강하고 행복하게 해주고. 이왕이면 크게 지어서 다 함께 살지 뭐!"

윤빈이가 큰소리를 쳤다. 아내가 또 좋아서 호들갑을 떨었다.

"아이고! 우리 윤빈이 덕에 엄마 아빠는 호강하겠네. 여보! 우리 윤빈이 말하는 것 좀 봐요. 대견하지 않아요?"

"대견하지! 말이라도 고맙다, 윤빈아!"

"어? 그냥 말이 아니야, 아빠! 정말 다 해줄 거야. 날 믿으라고."

성혁은 흐뭇한 마음으로 윤빈이의 어깨를 톡톡 치며 믿는다는 표시를 해주었다.

손을 맞잡고 나란히 앞서가는 아내와 아들의 모습을 성혁은 흡족히 바라보았다. 윤빈이는 또래 아이들보다 신장이 좀 작고 체중 역시 좀 덜 나갔다. 큰 병을 앓은 적은 없었으나 몸도 약한 편이었다. 아내는 그게 다 자기를 닮아서 그런 거라며 윤빈이에게 지극정성을 쏟았다.

결혼 후 아이가 생기지 않아 늘 가슴을 졸여야 했던 아내. 아내는 무슨 커다란 중죄라도 지은 사람처럼 미소 한 번 짓지 않고 숨죽여 살았었다. 그러다 결혼 5년 만에 윤빈이를 낳고서 마치 온 세상을 다 얻은 듯 행복해했었다. 서른두 살에 어렵게 얻은 윤빈이를 바라보는 아내의 입가에는 미소가 사라질 날이 없었다. 성혁도 마찬가지였다. 자식을 낳아 마침내 아빠가 되었다는 행복감에 가슴이 터질 듯 부풀어 올랐었다.

"윤빈아, 아빠랑 배드민턴 한판 치자. 자꾸 운동을 해야 몸이 튼튼해지는 거야."

"좋아! 한판 쳐, 아빠! 엄마, 그 배드민턴 채 이리 줘."

배드민턴 채를 넘겨받은 윤빈이는 그것을 공중에 몇 번 휘둘러보고 운동장으로 내려갔다. 성혁도 똑같은 동작으로 따라 하며 적당한 거리를 두고 섰다. 아내는 디지털 카메라를 들고 사진을 찍었다.

"근데 아빠, 옛날에는 아이들이 무슨 놀이를 하고 놀았어?"

"놀이? 딱지치기나 구슬치기, 말타기, 깡통 차기 같은 거였지 뭐. 공차기도 하고. 지금 애들은 혼자 책상에 앉아 컴퓨터 게임을 주로 하지만, 옛날에는 혼자 하는 놀이는 없고 모두 다 어울려서 함께 하는 놀이였어!"

"그중에 뭐가 젤 재밌었어?"

"음, 깡통 차기도 재밌었고…… 말타기가 제일 재밌었어!"

쉬는 시간이나 방과 후에 친구들과 말타기를 하며 놀던 그림이 눈앞에 그려졌다. 운동장에서 어울려 놀다가 해가 떨어지고 어둑어둑해서야 집에 들어간 적이 부지기수였다.

"말타기? 그거 어떻게 하는 건데?"

"우선 두 패로 나눠서 진 패 중에 한 명이 저기 저 벚나무 있지? 저런 나무나 아니면 학교 벽에 기대서고 나머지는 말처럼 허리를 굽히고 죽 뒤를 잇는 거야. 머리를 앞사람의 가랑이에 넣고 말처럼 뒤로 쭉―. 그런 다음 이긴 패들이 한 명 한 명 다 올라탄 후에 마부랑 가위바위보를 하는 거지."

아내도 말타기 놀이가 생각나는지 빙그레 웃었다.

"그래서?"

"그래서 이기면 또 한 번 타는 거고, 지면 역할을 바꿔서 말이 돼야 하는 거지. 쉬는 시간에 교실에서도 하다가 선생님한테 혼이 나기도 했었는데."

몸동작까지 곁들여가며 열심히 설명을 했건만 윤빈이는 흥미가 없는 모양이었다. 시큰둥한 반응이었다.

가을 햇살이 꽤 따가워 한 시간도 치지 않았는데 이마에 땀이 맺혔다. 아들에게 잘 보이려고 무리를 한 탓인지 어깨도 뻐근했다.

"이제 아빠가 윤빈이를 못 당하겠다. 엄마랑 쳐봐! 아빠 좀 쉬어야겠어."

"아녜요. 난 다음에 칠래요."

"엄마, 그럼 다음에 나랑 꼭 한판 붙어야 돼?"

"그래! 다음에 꼭 한판 붙어보자."

"자, 그러면 이제 배드민턴은 그만 치고, 저 위 저수지로 낚시하러 가자."

성혁은 아내와 아들과 함께 학교에서 나와 골짜기 길로 올랐다. 중고 소형차가 덜덜거리며 흙먼지를 피워 올렸다.

"아빠, 우리도 차 좀 바꿔."

"왜? 이 차가 뭐 어때서?"

"덜덜거리는 게, 완전 고물이잖아."

"어머! 얘 좀 봐! 멀쩡한데 왜 바꿔? 이 차 아직 몇 년은 탈 수 있어."

뭐라고 말을 할까 망설이는 참에 고맙게도 아내가 나서서 변명을 해주었다. 그렇지만 성혁이 자신도 한마디 해야 할 것 같았다.

“그래, 나중에 돈 벌면 새걸로 바꾸자.”

윤빈이 기를 죽이지 않으려고 나중에라고 얼버무렸다. 윤빈이가 말꼬리를 잡았다.

“흥! 나중에 언제?”

“에― 넉넉잡고 우리 윤빈이가 중학교 졸업할 때쯤.”

“중학교 졸업? 그럼 3년?”

내심 3년이면 가능할 것도 같았다.

“응! 3년.”

“나는 4륜구동 차 같은 게 좋은데. 그런 차는 이런 험한 길도 막 올라가!”

“차에 대해 어떻게 그렇게 잘 아니?”

“에이! 엄마는. 남자애들은 차에 다 관심이 있어. 그런 차를 SUV라고 해. 아빠, 꼭 그 차로 사야 돼. 자, 약속!”

“그래! 그런 차 한 대 있으면 좋지! 우리 식구 다 타고 멀리 여행도 가고. 사자! 까짓 거.”

윤빈이가 손가락을 내밀자 성혁은 큰소리치며 새끼손가락을 곧추세웠다.

차는 언덕길을 더 이상 오르지 못했다. 지난여름 장마에 흙길이 많이 파이고 큼지막한 돌덩이가 곳곳에 솟아 있어서 진행이 곤란한 상태였다. 괜히 무리를 했다가는 견인차를 불러야 될지도 몰랐다.

"아무래도 여기서부터는 걸어가야겠다. 내리자."

길옆에 차를 세워두고 모두 내렸다. 다행히 저수지까지는 그리 멀지 않았다. 100미터가 채 안 되는 거리였다.

"자, 짐을 나눠 들고 걷자고. 낚시 가방하고 텐트는 내가 들 테니, 당신은 그 빨간 배낭을 들고 윤빈이는 파란색 작은 가방을 들어."

윤빈이가 앞장섰다. 윤빈이는 마치 뒷동산 등산이라도 하듯 언덕길을 신이 나서 올라갔다. 뭐가 그리 좋은지, 산 다람쥐가 따로 없었다.

"와우―! 아빠, 엄마, 빨리 와. 빨리!"

"왜? 뭐 있어?"

성혁도 아내와 부지런히 걸어 둑 위로 올라섰다.

"와―!"

삼각형 형태의 조그마한 저수지에 파란 가을 하늘이 고스란히 담겨 있었다. 하늘뿐만 아니라 본격적으로 단풍이 들기 시작한 나무 그림자들도 잔물결을 타고 아른아른 춤을 추었다. 물도 맑아 바닥이 훤히 들여다보였다. 저수지 속에 마치 또 다른 세계가 있는 듯했다. 수초 사이로 무리를 지어 유유히 오가는 물고기들이 한가롭고 평화로워 보였다.

"아빠, 고기들이 이리저리 아주 천천히 오가고 있어. 우리가 무섭지도 않나 봐."

"무서워하긴? 우리를 반기는 거야. 어때? 우리 여기 오길 잘했지? 그동안 아무도 안 왔다 갔나 보다. 가을이 되어 수온이 내려가니까 저수지 물도 많이 맑아졌어. 이거 오늘 월척 서너 마리 낚겠는데?"

"월척은 안 되겠어요. 고기들이 크지는 않네요. 큰 걸로 한 마리만이라도 낚아봐요. 매운탕 끓여서 점심 먹게요."

"좋아! 당신 매운탕 솜씨 일품이지."

둑 끝 부분 상수리나무 그늘에 텐트를 치기로 했다. 그곳이 지대가 높고 평평해서 저수지 전체를 살펴보기에 좋았다. 그곳에서 보니 저수지는 세 꼭짓점 부분이 둥그렇게 마모된 삼각형 모양이었다. 어찌 보면 하트 모양 같기도 했고, 달리 보면 또 어머니의 자궁처럼도 보였다.

"윤빈아, 이리 와! 텐트 치는 법 알려줄 테니."

윤빈이와 함께 텐트를 치고 나서 본격적으로 낚시 준비를 했다.

"이쪽 맑은 데는 고기가 안 모여. 물이 약간 흐릿하면서 수초가 많은 저기가 포인트야. 낚싯대가 전부 다섯 개니까 당신하고 윤빈이도 한 개씩 잡고 해봐!"

"어떻게 하는 거예요?"

"쉬워! 나를 따라 하면 돼. 우선 물가에 받침대를 세우고, 낚싯대를 길게 펴고, 미끼를 끼워서 이렇게 멀리 던져놓으면 돼."

"아이! 징그러워요."

아내가 지렁이 미끼를 보더니 눈살을 찌푸렸다. 그러나 윤빈이는 제법 잘 끼워 낚시를 물속으로 던졌다.

"윤빈이는 잘하네. 당신은 내가 끼워줄게."

"붕어 미끼는 이 지렁이가 최고야. 이렇게 끼워서, 이렇게 던져 놓고, 이제 가만히 기다리기만 하면 되는 거야. 저기 물 위로 뜬 찌가 움직이나 지켜보면서 말야."

"오래 기다려야 돼, 아빠?"

"아냐, 금방 잡힐 거야. 잡히면 그걸로 매운탕을 맛있게 끓여 점심 먹자고."

10분, 20분이 지났다. 하지만 기다리는 고기는 좀체 잡힐 기미가 없었다. 지루함을 느꼈는지 윤빈이가 자리에서 일어났다. 그러더니 콧노래를 흥얼거리며 둑을 따라 천천히 걸어갔다. 혼자서 저수지 주변을 둘러보려는 모양이었다. 저수지를 한 바퀴 도는 데는 대략 35분쯤 걸릴 터였다.

"윤빈아, 멀리 가지 마! 곧 점심 먹을 거야."

"알았어."

윤빈이가 저수지 상류 커다란 소나무 밑까지 갔을 때 성혁은 아내를 바라보며 가만히 입을 열었다.

"여보, 우리도 도시로 이사 가는 게 어때?"

"갑자기 웬 이사예요?"

"생각해봤는데, 이제 곧 윤빈이 중학교 올라가잖아?"

"예!"

목청을 한 번 가다듬고 뒷말을 이었다.

"아무래도 중학교부터는 도시에서 학교를 다니는 게 낫지 않을까 해서."

"그러면 좋지만, 노시로 가기엔 부담이 되지요. 우리 형편에……."

"조금 힘들더라도 우리 윤빈이를 위해서라면 감내해야지."

"나도 그 생각을 안 해본 게 아니에요. 그런데 도시로 이사 가기엔 우리 형편이 지금……."

아내는 자꾸 형편 얘기를 들먹였다. 이해를 하면서도 성혁은 눈살을 찌푸렸다. 다시 목청을 가다듬고 아내의 얼굴을 똑바로 쳐다보았다.

"형편 따지다 보면 아무것도 못해! 아들 하나 있는 거, 저만 좋다면 좀 무리를 해서라도 도시로 가야지."

"아이 장래를 위해서는 그렇기는 해도……."

"어떡해서든 윤빈이 뒷바라지 잘해서 우리보다 낫게 살도록 해야지! 안 그래? 당신도 언젠가 그런 말 했었잖아? 윤빈이가 우리의 유일한 희망이고 꿈이라고, 여봐란 듯이 잘 키우겠다고."

아내가 고개를 끄덕였다. 그러더니 큰 눈을 끔벅이며 물었다. 표정이 다소 굳어지고 목소리도 약간 무거웠다.

"도시라면 어디로요? 서울로요?"

"우리한테 서울은 진짜 무리고, 우선 춘천이 좋겠어."

"춘천이오?"

"응! 내 중학교 동창 원현묵 잘 알잖아? 그 친구가 저번에 낚시 갔을 때 말하더라고. 촌에 있지 말고 애 장래를 위해서는 도시로 나오라고."

저번에 친구 현묵이랑 나눴던 대화를 간추려서 말해주었다. 굳어 있던 아내의 표정이 조금 풀어지는 것도 같았다.

"그랬어요?"

"그랬다니까. 그 친구는 이사 간 지 벌써 5년이나 되잖아? 지금은 나름대로 자리가 잡혀서 사업도 괜찮게 되나 봐."

"전기 설비 사업 한댔죠? 참, 딸이 고1 되나요?"

아내가 친구 딸애에게 관심을 나타냈다. 전에 들어서 이미 알고 있는 내용인데 다시 한 번 확인하려는 의도였다.

"응. 이번에 고등학교 올라가는데, 춘천에서 제일 알아주는 여고에 간대. 공부를 꽤 잘했나 봐."

아내의 눈빛이 반짝였다. 그러나 이내 원상태로 되었다.

"그래요? 음, 가고 싶기는 한데, 가서 뭘 해요? 또 옷 장사 해요?"

“그것도 생각해봤는데……. 우리, 이사 가서 다른 장사로 바꿔보자고.”

“다른 장사로요? 뭘로요?”

아내가 목소리를 높여 물었다. 그래놓고 궁금증이 가득 담긴 눈빛으로 대답을 기다렸다.

성혁은 낚시찌를 바라보며 잠시 뜸을 들였다. 아내가 어떤 반응을 나타낼지 몰라 말을 꺼내기가 망설여졌다. 낚싯대를 공연히 두어 번 들었다 놓은 뒤 입을 열었다.

“으음, 저, 감자탕!”

“예에? 감자탕이오?”

“응, 감자탕! 뭐니 뭐니 해도 음식 장사가 최고래. 맛있게 해서 소문만 나면 금방 자리 잡을 수 있대.”

“난 음식 장사 자신 없어요.”

아내가 콧등에 잔주름을 접었다. 고개도 두어 번 저었다. 얼른 아내를 치켜세웠다.

“예전에 당신이 끓여줬던 감자탕 얼마나 맛있었는지 몰라. 내 친구도 맛있다고 몇 번이나 칭찬을 했었잖아?”

“그거야 그냥 인사 삼아 한 칭찬이었죠.”

“아니야! 정말 맛있었어. 그렇게만 하면 금방 소문이 쫙 날 거랬어.”

성혁은 아내의 팔을 잡고 아내와 눈을 맞췄다. 말이 아닌 눈빛으로 자기의 마음을 알리고 싶어서였다.

"그 친구가 언제요?"

"사실 며칠 전에 통화를 했었는데, 이사 와서 그거 한번 해보라고 그러더라고. 여기서 옷 장사 하는 것보다는 훨씬 날 거라고 하면서. 그래서 내가 당신이랑 상의해보고 결정한다고 그랬지."

"……."

"우리 둘이 팔 걷어붙이고 고생 좀 하면 윤빈이 하나 뒷바라지 못하겠어? 서울로 대학까지 보낼 수 있지. 아무리 생각해봐도 감자탕 장사가 매달 적자만 나는 옷 장사보다 낫겠다는 생각이 들어. 나도 요리하는 거 좋아하니까 말야."

시선을 돌려 묵묵히 저수지 속의 파란 하늘만 바라보던 아내가 드디어 말문을 열었다.

"그렇기는 해도, 가게 얻고 방도 얻으려면 돈이 꽤 들 텐데요?"

"우선 여기 다 정리를 해보고 모자라는 건 빚을 좀 내든지 해야지."

"빚을요?"

아내의 목소리가 또 커졌다. 눈동자도 크게 확장되어 있었다. 성혁은 그 의미를 알았다. 빚을 내면서까지 도시로 가고 싶지는 않다는 뜻이었다. 무슨 말로 설득을 해야 하나, 망설이고 있을 때,

"앗! 아빠, 잡혔어."

저수지를 한 바퀴 돌아 온 윤빈이가 소리쳤다.

"어? 정말!"

"빨리 당겨요."

잽싸게 낚싯대를 잡아챘다. 낚싯대가 활처럼 둥글게 휘었다.

"아이쿠! 아주 큰 놈인가 보다. 묵직하다."

"여보! 월척이에요, 월척?"

"그런 것 같아. 아주 묵직해!"

"빨리 꺼내요. 그러다가 놓치겠어요."

아내와 윤빈이가 재촉을 해댔다. 그러나 서두르면 안 되는 일이었다.

"아니야! 빨리 꺼내면 오히려 놓쳐. 천천히, 놈의 힘을 빼면서 꺼내야 돼!"

"윤빈아, 넌 어서 그 뜰채를 들고 잡을 준비 하고 있어. 나는 카메라로 사진 찍을 준비 할게!"

"응! 알았어, 엄마!"

셋이서 기대를 잔뜩 하고 고기가 밖으로 나오기를 기다렸다. 조심조심 낚싯줄을 감았다.

"아이구! 이놈 한 마리면 우리 세 식구 오늘 매운탕 배 터지게 먹고도 남겠는데!"

"그렇게 커요?"

"응! 힘도 아주 장사야. 잘 안 딸려 와."

그동안 낚시를 취미로 해서 종종 다녔으면서도 월척을 낚은 경우는 거의 없었다. 그런데 아내와 아들이 보는 앞에서 월척을 낚게 되다니. 저수지 물이 유난히 맑고 파란 하늘까지 내려앉아 있던 게 아마도 길조였던 모양이었다. 성혁은 너무 기뻐 입이 한 발이나 찢어졌다.

"그럼 잉어 아니에요?"

"잉어? 잉어는 이 조그마한 저수지엔 없을 건데?"

"왜 없어요? 있을 수도 있죠. 10년 넘게 잡히지 않은 잉어라면 월척이 아니라 우리 윤빈이만 한 건지도 몰라요."

"에이, 엄마는! 아무리 잉어라도 나만한 잉어가 어디 있어? 내 키가 지금 146인데."

드디어 고기가 수초 사이에서 조금씩 모습을 드러냈다. 모두들 기대를 잔뜩 안고 낚싯줄에서 눈을 떼지 않았다. 특히 아내는 카메라 뷰파인더에 눈을 대고 허리를 굽혀 셔터 누를 자세를 취하고 있었다.

"에잉? 저게 뭐야?"

하지만 월척 붕어가 아니었다.

"어머! 이건?"

썩은 나무토막이었다. 팔뚝만 한 나무토막이 낚싯바늘에 걸려 겨우겨우 물 밖으로 나온 것이었다.

"아빠 참! 월척 자신 있다고 그러더니."

"나 이거야 원……."

성혁은 멋쩍게 웃으며 뒤통수만 긁적거렸다. 아내는 연신 사진을 찍어대면서 깔깔거렸다.

자잘한 잡어 몇 마리 넣고 아내가 매운탕을 끓였다. 고기보다 수제비와 대파, 쑥갓이 더 많아 고기 매운탕이 아니라 수제비 매운탕이었다.

"나 참! 이걸 누구 코에 붙여요?"

"기다려봐! 점심 먹고 정말 월척 한 마리 낚을 거니까. 윤빈아, 이 고기, 너 다 먹어라."

미안한 마음에 국자로 잡어를 다 떠서 윤빈이 그릇에 부어주었다.

"아빠, 엄마는?"

"엄마하고 아빠는 큰 놈으로 잡아서 이따 저녁때 많이 먹으면 돼!"

"그래! 윤빈이 너 다 먹어. 나는 사실 고기보다 이 수제비를 더 좋아해."

매운탕은 맛이 있었다. 얼큰하면서도 짭짜름한 게 자꾸 입맛이 당겼다. 건더기를 다 건져 먹고 국물이 남았다. 집에서 싸가지고 온 밥도 말아 셋이서 푹푹 퍼먹었다.

“당신 요리 솜씨 정말 괜찮아.”

“맞아! 엄마 요리 짱이야, 짱!”

윤빈이가 엄지손가락을 세워 보였다.

“짱? 정말?”

“응! 저번에 떡볶이도, 고구마 튀김도 완전 맛있었어.”

아내가 입술을 길게 늘였다. 다소 쑥스러워하는 표정이었으나 요리에 대한 자신감이 엿보였다. 성혁은 그게 윤빈이의 칭찬 때문이라는 걸 알고 있었다.

“시간이 나면 우리 윤빈이 맛있는 거 많이 해줄게! 많이 먹고 부지런히 커.”

해가 졌다. 그런데도 월척은커녕 피라미 한 마리 잡히지 않았다.

“붕어들이 다 저수지 속 용궁에 들어가 숨었나? 어째 입질조차 없네. 나 참!”

성혁은 얼토당토않은 핑계를 대며 분홍 노을 꽃이 핀 서편 하늘로 시선을 돌렸다.

“낚시는 이대로 담가놓고, 윤빈아, 아빠랑 모닥불 피울 마른나무나 주워 오자.”

“캠프파이어 할 거야?”

“그래. 여기 조그맣게 쌓아놓고 한 번 해야지.”

저녁밥은 모닥불을 피워놓고 둘러앉아 컵라면으로 때웠다. 점심을 많이 먹어 배가 덜 꺼졌기 때문이었다. 컵라면을 후루룩거리면서 도란도란 이야기를 나누었다. 밤이 꽤 깊어졌을 때, 텐트 속에 셋이 나란히 누웠다. 풀벌레 노랫소리를 들으며 밤하늘을 보았다. 하늘에 별이 빼곡했다.

"이제 얼른 자자. 내일 아침 일찍 일어나서 저수지 표면에 안개가 피어오르는 걸 봐. 아주 장관이야! 정말 멋있어!"

"그래요?"

"그럼! 분홍빛 아침노을이 비친 저수지에서 안개가 고불고불 피어오르는 걸 보면 당신도 팔딱팔딱 뛰며 좋아할 거야. 마치 선녀가 하늘로 올라가는 것 같아."

"선녀요?"

"응! 치렁치렁한 옷을 휘날리며 하늘로 승천하는 선녀 말야."

눈을 감고 예전에 보았던 이른 아침의 저수지 풍경을 회상하고 있는데 아내가 소리쳤다.

"어머! 저기 별이 떨어져요."

"그래? 어디?"

"별? 어디, 엄마?"

세 식구가 모두 자세를 바꿔 엎드렸다. 양손 손바닥으로 턱을 괴고 다시 밤하늘을 올려다보았다.

"잘 봐. 곧 별이 또 떨어질 거야. 그러면 얼른 소원을 빌어야 해."

“별 꼬리가 다 사라지기 전에 빌어야 이뤄진대.”

“나도 그 말, 우리 선생님한테 들은 것 같아, 아빠!”

셋이서 밤하늘에 시선을 고정해둔 채 말없이 있었다. 별이 떨어지기를 기다리면서 숨소리마저 죽였다. 한참 만에야 먼 하늘에 별똥별이 보였다.

“저기다! 얼른 빌어!”

별똥별 꼬리가 유난히 짧았다. 하지만 모두 소원을 빌었다.

“빌었어, 엄마?”

“응! 빌었어.”

“뭐라고 빌었어?”

“너부터 말해. 그러면 나도 말해줄게!”

윤빈이의 물음에 아내가 고개를 가로저었다.

“난 비밀이야.”

“그럼 엄마도 비밀.”

“에이! 아빠는 뭐라고 빌었어?”

“당연히 나도 비밀이지.”

결국 아무도 자기가 빈 소원을 말하지 않았다. 각자 가슴에 묻어두기로 했다. 하지만 그것이 무슨 소원인지 쉽게 알 수 있었다.

“아빠, 우리 여기 자주 와!”

“왜? 여기 맘에 들어?”

“응! 학교도 맘에 들고, 이 저수지도 맘에 들고, 계곡도, 산도, 다 맘에 들어!”

성혁은 윤빈이의 머리를 쓰다듬으면서 함께 오기를 잘했다는 생각을 했다.

“그래? 그럼 아예 여기서 살까? 나도 여기 좋은데. 고향이기도 하고.”

“응! 살아, 살아! 아빠!”

“엄마한테 물어봐. 엄마만 좋다면 살자. 까짓 거!”

아내가 반대할 것을 뻔히 알면서 그렇게 말했다.

“엄마, 우리 여기서 살자! 응?”

“말이 되는 소리를 해, 이놈아!”

“왜 말이 안 돼?”

“여기서 뭐 해 먹고 살아? 이 저수지에서 썩은 나무토막이나 낚아 삶아 먹고 사니?”

아내의 말에 성혁은 배꼽을 잡고 웃었다. 윤빈이는 아예 배를 움켜잡고 떼굴떼굴 굴렀다.

“못 삶아 먹을 것도 없지, 뭐! 내일 아침에도 월척 못 잡으면 한 번 삶아 먹어 볼까? 그 나무토막 맛있게 생겼던데?”

“먹자. 삶아 먹어 보자, 엄마! 설마 죽기야 하겠어?”

“뭐야? 나 참 기가 막혀서. 하하! 하하하하!”

윤빈이의 농담에 결국 아내도 큰 소리로 웃었다.

"우허허허!"

"아하하하!"

셋이서 숨이 넘어가라 웃는 소리가 저수지 수면을 맴돌며 오랫동안 메아리쳤다.

5장 · 잔인한 기억

목이 타는 듯이 말랐다. 마치 참나무 숯불이라도 삼킨 양 목구멍에서 불길이 활활 솟았다. 성혁은 괴로움에 몸부림을 치다가 겨우 눈을 떴다. 아내하고 윤빈이와 함께 저수지에서 낚시를 하던 추억이 여전히 눈앞에서 맴돌았다. 하지만 이내 아침 안개처럼 사라져 버렸다.

"끄으음—!"

온몸이 오그라든 채 뻣뻣하게 굳어 간신히 고개를 들었다. 어리둥절한 눈으로 사방을 둘러보았다. 어둑어둑한 공간, 성혁은 대체 자기가 어디에 와 있는지 기억나지 않았다. 눈을 몇 번 끔벅거린 뒤 다시 살펴보았다. 시야에 희미하게 잡히는 책상, 칠판, 창문, 배낭, 버너, 코펠……. 내가 왜 여기에 와 있는 거지? 알 수 없는 일이었다.

새우처럼 구부러져 있던 몸을 편 뒤 힘겹게 일어나 앉았다. 정신을 차리려고 세차게 도리질을 쳤다. 머리통 속에 조약돌을 집어넣은 듯 뒷골이 달그락달그락 흔들렸다. 곧 빠개지는 것 같은 통증이 이어졌다. 고통스런 신음을 내뱉으며 두 손으로 머리통을 움켜잡았다. 그 자세로 눈을 반쯤 감고 정신을 집중했다.

"술, 술을 너무 많이 마셨어."

목부터 축여야 했다. 손을 더듬거려 생수병을 집어 들었다. 한 병을 단숨에 마셨다. 어느 정도 갈증이 해소되었으나 몸이 으슬으슬 추웠다. 콧물이 주르륵 흘렀다. 기침도 터져 나왔다.

"부, 불을 피워야……."

떨리는 손으로 버너에 불을 피웠다. 주위가 금방 환해졌다. 손바닥을 펴 불을 쬐면서 다시 생각했다.

"학교? 교실? 내, 내가 여기……."

천천히 고개를 돌려가며 꼼꼼히 주변을 살폈다.

"그대로 고꾸라져 잠을 잔 것 같은데…… 대체 얼마나 잔 거야?"

아주 오랜 시간 잠을 잔 것 같았다. 하지만 정확히 몇 시간이나 잤는지는 알 수가 없었다. 침낭 옆에 책가방이 눈에 띄었다. 그제야 무언가가 생각이 날 듯했다. 그러나 머릿속에 짙은 안개가 끼어 기억이 또렷하지 않았다. 엄지손가락으로 양쪽 관자놀이를 꾹꾹 눌러보았다. 그래도 별반 나아지지 않았다. 날카로운 송곳으로 마구 쑤시는 것처럼 머리만 더욱 아플 뿐이었다.

성혁은 시퍼렇게 타오르는 버너 불길을 바라보며 오랫동안 가만히 앉아 있었다. 머리가 아픈 게 조금 가라앉았다. 그렇지만 속이 울렁울렁하더니 헛구역질이 솟구쳤다. 위장이 쓰리고 아프기도 했다. 빈속에 평소 주량의 세 배나 되는 소주를 마셨으니 그럴 만도 했다.

밖에는 어느새 땅거미가 몰려들었다. 얼추 저녁 여섯 시쯤 된 것 같았다. 바닥에 흩어진 일본 만화책에 시선을 두고 생각에 잠겼다. 만화책은 표지 그림부터가 매우 외설적이고 폭력적이었다. 흉기를 든 남학생들과 반나체의 여학생이 한데 어울려 있었다. 무심코 집어 들고 몇 장 넘겨보았다.

“……?”

학교 교실 안이었다. 교실에서 남학생 세 명이 여학생 한 명을 성폭행하는 장면이었다. 몽둥이로 여학생을 때려 제압한 뒤 차례로 강간하는 그림이 너무도 사실적이고 음란하게 묘사되어 있었다.

“이, 이런 순……!”

만화책을 바닥에 내동댕이쳤다.

이번에는 교과서 두 권이 눈에 띄었다. 그 순간, 정신이 번쩍 들었다.

“아, 이태균 그 녀석!”

그제야 친구 현묵이와 이태균이 함께 사라진 일이 또렷하게 떠올랐다.

벌떡 일어나 책상을 쌓아둔 곳으로 갔다. 이태균을 묶었던 테이프를 주워 면밀히 살폈다. 테이프 절단면이 매끈한 게 칼로 자른 것이 틀림없었다.

“현묵이 이 새끼를 그냥…….”

휴대폰을 꺼내 들었다. 덜덜거리는 손으로 현묵이에게 전화를 하려는데 마침 벨이 울렸다.

“여, 여보세요.”

“성혁아! 나야. 현묵이.”

친구 현묵이었다. 호흡을 가다듬고 마음을 진정시켰다. 욕설이 목구멍까지 넘어온 걸 도로 꿀꺽 삼켰다. 무거운 목소리로 물었다.

“어디야?”

“너는? 너는 어디니? 내가 여러 번 전화를 했었는데 안 받더라. 가게니?”

“아니야.”

“그럼? 아직도 그 학교에 있는 거야?”

“그래! 왜?”

자신도 모르게 목소리가 높아졌다. 현묵이가 걱정스럽다는 투로 대답했다.

"거기 어떻게 있어? 먹을 것도 이틀 치밖에 안 되고 새벽엔 추울 텐데?"

"괜찮아! 춥지 않아!"

코를 훌쩍이며 그렇게 말했다.

"그럼 언제까지 거기 있을 거야? 벌써 사흘이 지났는데."

사흘이라니? 현묵이가 분명 사흘이라고 그랬다. 이태균 그 녀석을 잡아 오던 날이 어제였고, 오늘 아침 현묵이가 녀석을 데리고 가버렸으니까 이틀이 아닌가? 고개를 갸웃거리며 물었다.

"사흘이라니?"

"내가 어제 아침에 나왔으니까 오늘이 사흘째지."

그렇다면 어제 오전부터 오늘 저녁까지 무려 서른두 시간가량을 내처 잔 것이었다. 그런데도 몸에는 여전히 피곤기가 남아 있었다. 하루 정도 더 자고 싶었다.

"성혁아, 이제 나와. 그만하면 됐어."

"아니야. 여기 쭉 있고 싶어. 나가기 싫어!"

"가게는 어떡하고? 일을 해야 할 거 아냐?"

"가게? 일? 흐흥! 몰라, 그런 거."

가게 보증금을 다 까먹고 월세가 밀린 지도 벌써 몇 달이었다. 가게 보증금뿐만이 아니었다. 집주인에게 돌려받은 아파트 월세

보증금도 바닥이 나 수중에는 그야말로 땡전 한 푼 없었다. 그 사실을 현묵이에게 말하지는 않았다. 현묵이가 눈치채고 다른 일자리를 알아봐준다고 그랬지만 거절했다. 어느 일이든 일이 손에 잡힐 것 같지가 않았다. 그냥 얼마간 쉰 다음에 감자탕 가게를 계속할 거라고 얼버무리고 말았었다.

"모르다니? 돈을 벌어야 윤빈 엄마……."

"그만! 더 이상 말하지 마!"

소리를 버럭 질러 현묵이의 입을 가로막았다. 듣고 싶지 않았다.

"성혁아, 내가 시간 나는 대로 너 데리러 다시 그리 갈게."

"지금 당장 그놈 데리고 와!"

"진정해, 성혁아!"

"빨리! 데리고 오란 말야!"

귀청이 떨어질 정도로 크게 소리쳤다.

"너는 친구도 아니야, 새끼야! 그놈과 똑같아. 내 마음도 모르고 어떻게 그럴 수가 있어?"

"왜 몰라? 네 맘 다 알아!"

"알아? 아는 놈이 그런 짓을 해?"

현묵은 아무 대답이 없었다. 재차 물었다.

"아는 놈이 그랬냐고?"

"너, 화 많이 났구나?"

"화 안 났어!"

"미안해."

미안하다는 말에 화가 더욱 치밀어 올랐다. 옆에 있으면 멱살이라도 잡고 마구 흔들고 싶었다.

"뭐가? 뭐가 미안하다는 거야?"

"너 몰래 그 녀석을 데리고 와서."

"흐흥!"

콧방귀를 한 차례 내쏘았다.

"그때 네가 너무 흥분을 해서 위험해 보였어. 성혁아, 너도 잊을 건 빨리 잊어야 해! 억지로라도 잊고 다시 출발해야 한다고. 안 그러면 너도 윤빈이 엄마처럼……."

"뭐? 잊으라고? 잊어야 한다고? 쓸데없는 소리 말고, 그 새끼 빨리 데리고 와!"

"안 돼! 우리 그러지 말자. 네가 내 가장 친한 친구라서 도와주긴 했는데, 아무리 생각해도 그게 아닌 것 같아. 그 녀석은 내가 약을 사서 발라주면서 좋은 말로 잘 타일렀어."

"좋은 말로? 허허허!"

좋은 말이라니? 웃음이 다 새어 나왔다.

"그래! 그랬더니 살려줘서 고맙다고, 다시는 나쁜 짓 하지 않겠다고 약속하더라."

“약속? 허허! 허허허!”

“웃지 마. 정말이야. 그리고 이번 납치 일도 없었던 걸로 하기로 했어. 내가 인제 읍내에서 속옷하고 겉옷도 한 벌 새걸로 사줬어. 그놈 입고 있던 교복이 말이 아니더라. 또 그놈 가방에서 나온 돈에다 내 돈 십만 원을 더 얹어 줬다.”

성혁은 친구 현묵에게 속으로 미친놈! 이라고 욕설을 퍼부었다.

“그랬더니 그 녀석이 다 이해한다고 그러더라. 자기가 잘못한 게 많다고 용서를 빌더라. 말하는 걸 보니 생각보다 그리 나쁜 애는 아닌 것 같아.”

“뭐어?”

그 말에 교실이 떠나가라 크게 소리쳐 물었다. 나쁜 애가 아니라니? 기가 막혀서 입이 다물어지지가 않았다. 현묵이에게 진한 배신감마저 들었다. 어금니를 깨물었다. 주먹을 움켜쥐었다.

“너하고 네 아내가 지금 얼마나 어렵게 살고 있는지, 얼마나 힘들어하고 있는지 자세히 설명을 해줬더니 반성의 기미가 뚜렷했어! 몇 번이나 잘못했다고 그러면서 눈물도 흘리더라.”

“반성? 눈물? 허허! 허허허허!”

이번에는 현묵이의 순진함에 웃음이 흘러나와 그치지 않았다.

“야, 웃지 마! 정말 그랬다니까. 네 일은 정말 정말 안된 일이지만, 그렇다고 그 녀석을 죽여서는 안 되잖아?”

"죽여야 할 놈은 죽여야 해!"

딱 잘라서 말했다. 성혁은 이태균에 대해 너무나 잘 알고 있었다. 2주가 넘게 이태균을 미행하며 관찰했던 악행들이 고스란히 떠올랐다. 이태균은 이미 학생이 아니었다. 도저히 17세라고 볼 수가 없었다. 그는 인간도 사람도 아니었다. 한 마리 패악한 악마일 뿐이었다. 성혁은 그것을 확연히 느낄 수 있었다.

"그놈은 인간이 아니야. 악마야."

이빨을 바드득 갈고 낮은 목소리로 말했다.

"뭐라고? 잘 안 들려. 아무튼 성혁아, 애초에 혼만 낸다고 했으니까 목적은 달성한 거잖아?"

"……."

그랬었다. 잡아다가 혼만 좀 내주고 진심 어린 사과를 받은 뒤 풀어주려고 했었다. 그게 애초의 계획이었다. 하지만 이태균의 휴대폰에서 힘이 약한 학생을 괴롭히는 동영상을 보는 순간 피가 거꾸로 솟고 눈이 뒤집혔었다.

"나, 네가 그렇게 무섭게 애를 때리는 거 처음 봤어. 너, 학교 다닐 때는 애들한테 욕도 한 번 안 하고, 싸움도 한 번 안 했잖아?"

성혁은 그 말을 듣고 묵묵히 있었다.

"성혁이 너, 아주 많이 변했어. 완전 딴사람이 되었어."

"너도 직접 당해봐! 미치지 않고 배기나."

"그건 그럴지 몰라도……. 하여간 예전의 네가 아니야."

파란 버너 불길 속에 옛날 학창 시절이 솔솔 타올랐다. 힘이 없어서 늘 숨을 죽인 채 당하고만 있어야 했던 그 시절이 연속해서 피어올랐다. 마음이 쓰라렸다.

"아무튼 이달 내로 같이 윤빈 엄마 면회 가자! 나, 요즘 청평으로 일 다니잖아. 그거 마무리되는 대로 우리 집사람이랑 다 함께 가자. 알았지? 뭐 급하게 필요한 거 있으면 전화해!"

이제 전화할 일이 없을 것 같았다. 현묵이도 못 받은 전기 공사 대금이 많아 생활 형편이 좋지 않았다. 그 때문에 직원들 임금이 체불되어 아파트까지 저당 잡힌 상태였다. 게다가 팔순이 넘은 노모에 등록금이 제일 비싸다는 서울 사립대학에 다니는 딸까지 있었다.

"윤빈 엄마가 찐빵을 좋아했지? 그거 좀 사가지고 며칠 내로 갈게. 혼자서 낚시나 하면서 마음 좀 가라앉히고 있어. 내가 교실 출입문 옆에 낚시 가방 두고 왔어. 봤지? 그거 한번 써봐. 얼마 전에 새로 구입한 고급 세트야."

본 것 같았다. 그러나 낚시를 할 기분이 아니었다.

"흥!"

콧방귀를 내쏘고 무시해버렸다.

"나 기다리기 뭐하면 지나는 경운기라도 얻어 타고 얼른 나오든지. 아무튼 앞으로 다 잘될 거야. 힘내, 성혁아!"

아무것도 모르는 현묵이는 그런 위로의 말을 남긴 뒤 전화를 끊었다.

"그놈을 어떻게 잡아 왔는데, 그냥 데리고 가다니! 무릎도 꿇리지 못하고, 사죄도 받아내지 못하고."

친구에 대한 원망으로 가슴이 무거웠다. 머리가 지끈지끈 쑤셨다.

"마지막으로 선택한 방법이었는데. 아내와 약속을 한 일인데."

이태균의 책가방을 들어 바닥에 패대기를 쳤다. 몇 번이나 거듭해서. 그러다가 잡아 찢기 시작했다.

"이이이…… 죽일 놈!"

손아귀에 힘을 주어 마구 찢어발겼다. 두 조각, 네 조각, 여덟 조각……. 마치 그 가방이 이태균 본인이라도 되는 양 성혁은 조금도 사정을 봐주지 않았다. 더 이상 찢을 수 없을 정도로 작은 조각이 될 때까지 똑같은 동작을 반복했다. 이마에 땀이 맺혔다. 손아귀가 아팠다. 찢겨진 책가방 조각이 교실 바닥에 수북이 쌓였다. 책가방은 형체도 없이 사라졌다. 하지만 성혁의 가슴속에 쌓여 있는 울분은 그대로였다.

속이 쓰렸다. 얼큰한 국물로 속을 좀 달래야 할 것 같았다. 코펠에 생수를 따르고 버너 위에 올렸다. 배낭을 뒤져 컵라면을 꺼냈다. 즉석밥과 김치도 꺼내 포장을 뜯었다. 급한 마음에 물이 끓기도 전에 컵라면에 가득 부었다. 나무젓가락으로 휘휘 저어 국물을 마셨다. 미적지근한 국물이지만 속이 한결 나아졌다. 고춧가루를 타면 더 좋을 텐데. 아쉬워하며 건더기도 좀 건져 먹었다. 그러나 입안이 껄끄러워 잘 넘어가지 않았다. 기름기 때문인지 속이 또 메슥거렸다. 결국 국물만 마시고 젓가락을 놓고 말았다. 이따가 속이 좀 가라앉으면 먹어야 할 것 같았다.

소변을 누고 온 뒤 침낭 속에 웅크리고 누웠다. 눈을 감았다. 아무 생각도 하고 싶지 않았다. 모든 걸 다 잊어버리고만 싶었다. 허나 그게 잘 되지 않았다. 잊으려 하면 할수록 더욱더 또렷이 떠올랐다. 거칠게 머리를 흔들었다. 두 손으로 머리카락을 움켜잡아 마구 뜯어도 보았다. 다 소용이 없었다. 진드기처럼 달라붙어 영 떨어지지 않는 기억이 무서웠다. 공포스러웠다. 술에 흠뻑 취해 다시 곯아떨어지고 싶었다. 그러나 술이 없었다.

"아으으으!"

몸이 피곤해 눈은 감기는데 도무지 잠을 이룰 수가 없었다.

"자다니? 내가 지금 편하게 자려고 하다니?"

벌떡 일어났다. 교실 밖으로 나갔다. 운동장으로 내려가 천천히 걸었다. 벚꽃나무 밑으로 운동장을 크게 돌고 또 돌았다. 방향감각을 상실한 한 마리 모르모트가 되어 이리저리 지그재그로 수십 바퀴를 걸었다. 속옷에 땀이 배고 숨이 찼다. 그래도 멈추지 않았다. 발목과 무릎이 떨어져나갈 듯이 아팠다. 대퇴골, 허리, 어깨, 목 등,

몸의 모든 뼈마디가 바스러지는 고통이었다.

해가 졌다. 밤이 되었다. 어둠 속에서도 성혁은 걷고 또 걸었다. 힘이 다 떨어져 다리를 끌면서도 끊임없이 몸을 움직였다. 얼마 뒤, 천 근짜리 쇠구슬을 양쪽 발에 매단 듯 다리가 더 이상 떨어지질 않았다. 그대로 땅바닥에 주저앉았다. 그리고 곧 앞으로 고꾸라졌다.

"기, 기어서라도……."

이번에는 엎드린 자세로 기어갔다. 기다가 죽는 한이 있더라도 가만히 있을 수는 없었다. 팔꿈치가 까지고 피가 흘렀다. 무릎 역시 금세 피범벅이 되었다.

성혁은 극도로 자신의 몸을 괴롭혔다. 그래야지 아들에게, 아내에게 조금이나마 속죄가 될 거라는 생각이 들었다. 크지도 않은 가정, 많지도 않은 가족도 못 지킨 자기 자신이 한없이 원망스럽고 혐오스러웠다. 결국 자신은 있으나 마나 한 존재였다는 사실에 미칠 것만 같았다.

"어흐흐흐!"

땅바닥에 이마를 짓찧으면서 통곡을 했다.

"유, 윤빈아! 여, 여보!"

캄캄한 밤하늘을 향해 목이 터져라 아들과 아내를 불렀다.

밤새 운동장을 기던 성혁은 마침내 움직임을 멈췄다. 그러자 날카로운 새벽 한기가 그의 몸 곳곳을 뚫고 들어왔다. 뾰족한 쇠꼬챙이로 수없이 찔리는 것 같은 통증이 끊이지 않고 이어졌다. 그러나 성혁은 그것을 점차 느끼지 못했다. 온몸의 감각이 일시에 마비되는가 싶더니 정신마저 가물가물해졌다. 머릿속에 희미하게 그날의 상황이 떠올랐다. 결코 기억하고 싶지 않은 그날이.

6장 · 들개

　5교시 시작을 25분 정도 남겨놓은 점심시간이었다. 식당에서 밥을 먹고 올라온 아이들은 각자 자기 자리에 앉아 있었다. 다음 수업 준비를 하는 아이들이 대부분이었으나 책상에 엎드려 잠을 자는 아이도 몇 명 보였다. 그때, 갑자기 교실 뒷문이 거칠게 열리며 이태균과 그의 똘마니 세 명이 들어왔다. 들어오자마자 이태균이 교실 앞쪽을 바라보며 소리쳤다.

　"야! 민서홍, 이 찌질아!"

　크게 욕설을 퍼붓는 소리에 수업 준비를 하던 민서홍이 깜짝 놀라 벌떡 일어났다.

　"너, 이리 와! 빨리 못 와?"

　이태균이 또 한 번 소리쳤다. 민서홍이 잔뜩 겁먹은 표정으로 이태균에게 빠르게 다가갔다. 겁에 질려 얼굴빛이 완전 사색이었다.

"너, 밥 다 처먹고 나서 체육관 뒤로 오라니까 왜 안 왔어?"

"갔었는데, 네가 어, 없었어!"

"그러면 우리가 갈 때까지 거기서 기다렸어야지!"

이태균이 실내화 발로 민서홍의 허벅지를 걸어찼다. 민서홍이 허벅지를 문지르며 연신 굽실거렸다.

"미, 미안해! 교실에 있는 줄 알고 왔더니 여기도 없어서……."

"우리가 매점에 갔을 때 이 씨댕이는 체육관 뒤에 갔다가 곧장 이리로 왔나 봐!"

얼굴이 삼각형 모양인 그의 똘마니가 나름대로 추측을 하며 민서홍을 훑어봤다.

"돈은 가져왔어?"

"그게 저, 저…… 내, 내일은 꼭 가져올게!"

"뭐? 너, 뒈질래?"

민서홍의 멱살을 잡고 마구 흔들면서 이태균이 인상을 험악하게 지었다.

"못 구해서 그래. 내일은 꼭……."

"왕째리, 이 새끼 묶어!"

이태균이 덩치가 좋고 눈꼬리가 가늘게 찢어진 똘마니에게 명령했다. 명령을 받은 왕째리가 개줄을 민서홍의 목에 걸었다. 그들

네 명 중 키가 제일 큰 다른 똘마니가 옆에서 거들었다. 개줄을 잡은 이태균이 민서홍에게 호령했다.

"바닥에 엎드려서 네발로 기어!"

유난히 몸집이 작은 민서홍은 굳은 표정이었다. 그러나 반항의 기미가 전혀 없었다. 즉시 교실 바닥에 엎드렸다. 그리고 그저 무기력하게 이태균이 끄는 대로 개처럼 끌려갈 뿐이었다.

"야, 이 썹탱이야! 나한테 한번 찍히면 개처럼 살게 되는 거야. 알아?"

그의 똘마니들이 뒤를 따라가며 민서홍을 발로 툭툭 차기도 했다. 그런데도 교실 안의 여느 아이들은 무덤덤한 표정이었다. 아프리카 초원의 영양 떼처럼 동료가 굶주린 사자에게 잡아먹히는데도 그저 멀뚱멀뚱 바라보거나 애써 외면할 뿐이었다. 누구 하나 나서서 적극적으로 제지하지 않았다.

"다른 놈들도 다 잘 봐둬! 우리한테 한번 찍히면 얄짤없어."

"후명중학교에서 1짱 했다는 1반 조용훈이와 동춘중학교에서 2짱 먹었다는 5반 양대수도 태균이한테 무릎 꿇었다는 거, 다 알고들 있지?"

"그러니까 알아서 기라고, 쉐끼들아! 이 학교는 우리가 완전히 접수했으니까."

민서홍을 끌고 교실을 한 바퀴 돈 이태균이 원래의 자리로 되돌아왔다.

"일어서!"

민서홍이 일어나 허리를 바르게 폈다. 그의 목에 걸린 개줄이 넥타이처럼 흔들렸다.

"너네 아버지 돈 존나 잘 버는 거 다 알고 있어!"

"아, 아니야. 요즘……."

"뭐가 아니야, 쉐끼야?"

삼각형 얼굴이 주먹으로 민서홍의 배를 한 대 내질렀다. 민서홍이 배를 움켜잡고 허리를 숙였다. 삼각형 얼굴이 팔꿈치로 다시 민서홍의 등을 내려찍으려는 걸 이태균이 말렸다.

"야, 삼각김밥, 잠깐 멈춰봐! 민서홍, 너네 중앙로에서 큰 호프집 하지? 맞지?"

민서홍이 고개를 끄덕거렸다.

"그런데 조그마한 가게를 한다고 구라를 까? 아주 눈깔이 멀어서 겁대가릴 상실했네! 너, 정말 뒈지고 싶어?"

이태균이 민서홍의 뺨을 한 대 세게 후려쳤다. 그 충격으로 민서홍의 고개가 옆으로 휙 돌아갔다. 그의 뺨이 금세 시뻘겋게 변했다. 조금도 아랑곳 않고 배를 한 대 더 내지른 이태균은 민서홍의 주머니를 뒤져 휴대폰을 꺼냈다.

"나한테 구라 깐 벌로 이 휴대폰 압수한다. 그리고 거짓말한 벌로 상납금을 10만 원으로 올리겠다. 알았지?"

이태균이 주먹을 흔들어 보이며 다시 협박을 하기 시작했다.

"만약에 제때제때 상납 안 하면 내가 아는 형한테 말해서 너네 호프집 아작나게 할 거야. 그 형, 중앙로파 행동대원이라는 것만 알아둬!"

이태균은 민서홍의 뺨을 툭툭 치며 자랑스럽게 떠벌렸다. 반 아이들 전체가 들으라고 일부러 목소리를 크게 했다.

"내 말 한마디면 너희 가게 완전 쓰레기장이 되고, 네 엄마 아버지 애꾸눈으로 만들 수도 있어! 이 븅신아!"

민서홍의 눈에 공포의 그림자가 어른거렸다. 눈물도 맺혀 있었다. 그 눈물에는 아무도 자신을 도와주지 않는 급우들에 대한 원망이 고스란히 담겨 있었다.

"명심해! 10만 원이야. 만약에 안 가져오면 너는 그날로 죽음이야. 안마산에 끌고 가서 산 채로 묻는다고. 저기 화장터 있는 산 알지?"

겁에 질린 얼굴로 민서홍이 몇 차례 고개를 끄덕였다. 반 아이들 역시 이태균의 행동에 겁을 잔뜩 집어먹은 표정이었다. 그런 표정으로 그저 쥐 죽은 듯이 있었다. 자기가 걸리지 않은 게 천만다행이라는 안도의 한숨을 내쉬며 침묵만 지킬 뿐이었다.

"야! 이쑤시개, 거기 노트 한 장 찢어서 이리 줘봐!"

이태균의 명령에 키가 가장 큰 똘마니가 가까운 자리에 있는 아이의 노트를 찢어서 건넸다.

"민서홍! 너, 여기 받아 적어! 신체 포기 각서라고 먼저 크게 써! 그리고 그 밑에다가, 약속을 어길 시 어떠한 처벌도 달게 받겠음, 이라고 또박또박 써! 빨리 써, 씹탱아!"

민서홍이 연필을 잡고 느리게 각서를 썼다. 그의 손이 부들부들 떨리고 있었다. 겨우 각서 쓰기를 마친 민서홍이 그것을 이태균에게 건넸다.

"민서홍, 너는 내 노예야. 알아? 내가 시키는 대로 안 하면 곧바로 죽음이야. 명심해! 담탱이나 상담 샘한테 입 뻥긋할 생각은 아예 꿈도 꾸지 마! 그건 네 죽음을 재촉하는 짓이 될 뿐이야. 이제 네 자리로 꺼져!"

민서홍이 고개를 푹 숙인 채 자기 자리로 가자 이태균이 턱을 주억거리면서 말했다.

"이렇게 해둬야 자식들이 꼼짝 못한다고 했어. 이게 다 그 형한테 배운 거야."

"맞아! 영화에서도 봤잖아?"

"어, 그래! 봤지!"

이태균과 그 똘마니 셋은 민서홍에게 넘겨받은 신체 포기 각서를 들고 무슨 보물이라도 얻은 듯 낄낄거렸다.

"왕째리, 수업 시작하려면 아직 10분 남았지?"

"7분이나 8분쯤."

"삼각김밥, 다음 시간은 어떤 놈 시간이냐?"

"불량메주 시간이야."

삼각김밥의 대답에 이태균이 얼굴을 심하게 찡그렸다. 마치 구더기라도 씹은 표정이었다.

"아! 그 존나 재수 없는 년?"

그러더니 라이터를 꺼내 불을 탁탁 켜면서 창문 쪽에 앉은 다른 아이에게 물었다.

"야, 반달곰! 너, 내 숙제 해 왔겠지?"

"응! 해 왔어!"

"좋아! 그렇게 착하게 굴면 너는 계속 안전빵이야. 즐거운 학교생활을 내가 보장하지. 가자! 화장실에 가서 얼른 야리 한 대 죽이고 오자."

이태균은 똘마니들과 함께 다시 교실 밖으로 나갔다.

"아, 조또! 우리도 남녀공학으로 갈 걸 잘못했다. 학교생활이 존나 심심하다. 중학교 때는 한 반에 섞어주지는 않았어도 남녀공학이라 째지게 좋았었는데."

"부안고는 남녀공학인데, 한 명 한 명 짝으로 앉혀준다더라."

"우와! 거기 새끼들 짱 좋겠다. 왕 부럽다!"

그들은 큰 소리로 음담패설을 지껄이며 복도를 걸었다. 그러면서 지나가는 다른 아이들에게 주먹을 흔들어 겁을 주기도 했다.

다음 날 토요일. 공지천 옆에 조성된 조각공원에는 자전거를 타거나 조깅을 하는 사람들이 많았다. 파릇하게 돋아난 봄풀들은 가지각색의 꽃을 피워 마치 울긋불긋한 양탄자를 깔아놓은 듯했다. 다양한 조각상들마다 오후 햇살이 따사롭게 내려앉은 저녁 무렵, 아름답고 평화로운 풍경이었다.

하지만 그와는 대조적으로 공지천을 가로지르는 호반교 밑은 다리 그늘로 인해 어둑어둑했다. 게다가 각종 쓰레기가 나뒹굴고 야생동물의 배설물까지 있어 악취까지 풍겼다. 근화동에서 온의동으로 건너가는 그 호반교 두 번째 교각 뒤에 사복 차림의 학생들이 몰려 있었다. 공원 산책로에서 멀지 않아 빤히 보이는 거리였다. 시립도서관도 가까워 1킬로미터 이내였다.

전체 예닐곱 명의 학생 중에는 여학생도 두 명 섞여 있었다.

"빨리 대답해! 너, 어느 학교 몇 학년이야?"

교각 뒤에서 상스런 욕설이 터져 나왔다. 이태균이었다. 이태균과 그 패거리가 어느 남학생 아이를 빙 둘러 포위한 채 마구 다그치는 중이었다.

"대동중학교 3학년이오."

"그럼 중삐리네? 너, 아까 도서관 화장실에서 날 왜 꼬나봤어?"

“꼬나본 게 아니라…….”

“뭐가 아냐? 옆에서 오줌이나 깔리면 되지 왜 슬슬 꼬나봐? 담배 피우는 거 첨 봤어?”

시립도서관 화장실에서 담배 피우는 걸 쳐다봤다고 끌고 온 모양이었다.

“너! 담배 피워? 안 피워?”

“안 피웁니다.”

“만약에 뒤져서 담배 나오면 뒈진다? 야, 이 새끼 주머니 다 쎈타 까!”

이쑤시개가 중3 아이의 주머니를 샅샅이 뒤졌다.

“돈 있으면 다 압수하고.”

그러나 담배는 나오지 않았다. 대신 돈이 5천 몇백 원 나왔다.

“이놈, 돈도 얼마 없네. 완전 그지네, 그지!”

이쑤시개가 비아냥거리면서 돈을 자기 주머니에 쑤셔 넣었다.

“담배도 안 피우고, 범생이다 이거지? 오늘 한번 피워봐! 야, 째리야! 담배 세 가치 불 붙여서 입에 물려!”

왕째리가 즉시 담배 세 개비에 불을 붙였다. 그러고는 중3 아이의 입에 강제로 물렸다.

“빨아!”

이태균이 소리치자 중3 아이가 몇 모금 빨아들였다. 하지만 금세 기침과 함께 담배 개비를 내뱉고 말았다.

"어? 이게 졸라 아까운 담배를 뱉어?"

삼각김밥이 땅에 떨어진 담배를 보더니 중3 아이의 뒤통수를 후려갈겼다. 그 바람에 안경이 바닥으로 떨어져 렌즈 한쪽이 깨져 버리고 말았다. 이쑤시개가 여전히 불이 붙어 있는 담배를 하나 집어 중3 아이의 손목에다 비벼서 껐다. 중3 아이가 매우 고통스러워하며 신음을 내뱉었다.

이태균이 다시 물었다.

"너, 나 알아? 몰라?"

"모, 모르는데요."

"모른다고? 하! 이 썹탱이 이거. 야, 째리야! 이 중삐리 새끼한테 내가 누군지 좀 말해줘라."

"여기 이 형님은 온의초등학교 5학년 때부터 쭈욱 일진 짱으로 활약을 하셨고, 명진중학교 전체 짱을 거쳐 지금은 우석고등학교 1학년 일진 짱님이시다. 곧 춘천 시내를 다 휘어잡을 분이시다. 그리고 나는 중학교 1학년 때부터 이 형님을 중심으로 모셔온 부짱이다. 잘 알아둬라! 으키키키!"

왕째리가 이태균의 이력을 장황하게 늘어놓았다. 그의 목소리에는 앞으로 알아서 기라는 협박이 담겨 있었다.

이태균이 어깨를 흔들거리며 중3 아이에게 또 물었다.

“너, 공부 잘해? 잘하냐고!”

“자, 잘 못해요.”

“반에서 몇 등이야?”

“3등, 4등 정도요.”

이태균이 놀라는 표정을 지었다. 입술이 일그러졌다. 잠시 중3 아이를 노려보는가 싶더니 주먹으로 이마를 툭툭 쳤다.

“뭐? 3, 4등이 못하는 거야? 아! 이거 존나 재수 없네. 나는 너 같은 범생이들만 보면 구역질이 나. 우웩!”

헛구역질을 하는 시늉을 하던 이태균이 갑자기 중3 아이의 배를 내질렀다. 중3 아이가 배를 움켜쥐고 앞으로 폭 고꾸라졌다. 명치를 맞아 숨을 제대로 쉬지 못해 몹시 고통스러워했다. 중3 아이의 귀를 잡아 일으킨 뒤 빙빙 돌리던 이태균이 명령 투로 말했다.

“바지 내려봐.”

“예?”

“바지 내리고, 팬티도 내려보라고!”

중3 아이가 주춤거렸다. 옆에 서 있는 여학생을 의식해서 얼굴이 벌겋게 달아올랐다.

“너, 뒈지고 싶어? 빨리!”

이쑤시개가 중3 아이의 뺨을 후려쳤다. 왕째리도 정강이를 힘껏 걷어찼다.

"너, 저 똥물에 대가리 쑤셔 박혀 물고문 한번 당해볼래?"

이태균이 크게 소리를 질렀다. 중3 아이가 벌벌 떠는 손으로 바지를 내렸다. 그리고 머뭇머뭇하며 팬티도 내렸다.

"으키키키키!"

이태균은 중3 아이의 성기를 쳐다보며 키키키 웃었다. 그의 똘마니들도 따라 웃었다. 산보나 조깅을 하는 어른 몇 명이 그들 옆을 지나갔으나 아무도 제지하지 않았다. 그들을 피해 오히려 더 빠른 걸음으로 사라져갈 뿐이었다.

"야! 중삐리, 움직이지 말고 그대로 있어!"

이태균은 자신의 휴대폰으로 중3 아이의 성기 사진을 찍었다. 그러고 나더니 담배를 한 개비 피워 물었다. 그러자 똘마니들도 다 한 개비씩 입에 물었다. 여학생 둘도 마찬가지였다. 그들이 내뿜는 담배 연기가 공중으로 몽글몽글 피어올랐다.

"야, 중삐리! 앞으로 공부 좀 한다고 깝죽대지 마. 나랑 눈 함부로 마주치지 말고. 바지 입고 똑바로 서!"

이태균이 중3 아이의 허벅지를 걷어찼다.

"알았지?"

"예!"

중3 아이가 알았다고 조그맣게 대답했다. 이태균이 두 눈을 부릅떴다.

“더 크게 대답해! 그리고 너, 앞으로 내가 보이면 저만치 피해! 내 옆에 나란히 서서 오줌 누면 뒈질 각오해야 돼! 알았어?”

“예!”

“알았으면 자, 내 운동화에 키스 한 번 해! 빨리!”

“빨리 해, 쉐끼야!”

왕째리가 으름장을 놓자 중3 아이는 겁에 질린 표정으로 천천히 앉았다. 이어 무릎을 꿇고 두 손으로 땅을 짚은 뒤 이태균의 지저분한 운동화에 입을 맞췄다.

바로 그때였다.

“너희들 뭐 하는 거냐? 왜 여럿이서 한 아이를 괴롭혀?”

지나가던 할아버지가 걸음을 멈췄다. 멈춰 선 자세로 이태균 패거리들에게 소리쳐 물었다.

“뭐야? 저 늙탱이는?”

이태균이 할아버지를 돌아보면서 눈을 부라렸다. 하지만 할아버지는 그에 아랑곳 않고 다시 나무랐다.

“고등학생 같은데 담배까지 피우고? 담뱃불 끄고, 그 애 어서 보내줘라.”

“아, 쓰발! 왜 참견이야? 존나 열 받게.”

이태균이 할아버지에게 성큼성큼 다가갔다. 똘마니들도 뒤를 따랐다.

그들은 곧 할아버지를 에워싸고 아래위로 훑어보았다. 이태균이 할아버지 얼굴에 담배 연기를 한 차례 뿜은 뒤 말했다.

"뒈지고 싶지 않으면 빨리 꺼져! 남 일에 참견하지 말고. 엉?"

"뭐? 뭐? 이런 고약한 놈들!"

할아버지가 손에 잡고 있던 지팡이를 들어 보였다.

"어쭈구리!"

이태균이 할아버지의 지팡이를 우악스레 뺏었다. 그러자마자 그것으로 할아버지의 가슴을 밀쳤다. 할아버지가 땅바닥으로 넘어졌다.

"이걸로 그냥 확……!"

이태균은 지팡이 끝으로 할아버지의 얼굴을 겨냥해 눈을 찌르는 시늉을 해 보였다.

"앞으로 재수 없게 한 번 더 참견하면 알지? 카악 퉤!"

이태균이 할아버지의 가슴에 가래침을 뱉었다. 똘마니들도 차례차례 따라 했다. 크게 충격을 받은 할아버지는 가쁜 숨을 몰아쉬며 어쩔 줄 몰라 했다.

"가자! 나는 금선이하고 채연이랑 DVD방에 가서 놀 거니까, 너희는 따라오든지 피시방에 가 있든지 해! 그런데 배가 좀 출출한데."

지팡이를 부러뜨려 땅바닥에 내팽개친 이태균이 앞장섰다.

"금선아, 채연아, 그 중삐리 새끼 꺼지라고 그러고 이리 따라와!

중앙로로 가자. 중앙로 가서 금선이 니가 피자 한 턱 쏴! 아이스크림을 쏘든지."

"왜 내가 쏴? 씨바!"

"너, 니네 학교에서 삥 뜯은 거 많잖아?"

이태균이 짧은 치마 여학생에게 살짝 인상을 썼다.

"많긴 뭐가 많아? 요즘 울 학교 년들 간덩이가 부어가지고 돈 잘 안 바쳐! 집에서도 용돈도 안 주고. 그래서 나, 룸싸롱 전단지 뿌리는 알바를 해야 할지도 몰라. 기분 완전 똥이야. 채연이보고 쏘라고 해!"

"좋아! 오늘은 말고, 담 주에 내가 삥 확실히 걷어서 크게 한 번 쏠게!"

다리 밑을 빠져나가 시내 쪽으로 얼마만큼 가다가 이쑤시개가 힐끔힐끔 뒤를 돌아다보며 물었다.

"태균아, 근데 저 늙은이 저거 뒤탈 없을까?"

"아! 이 새끼, 진짜 겁 많네. 뒤탈은 무슨 뒤탈이 있어?"

이태균이 걸음을 멈추고 이쑤시개를 바라보았다. 삼각김밥과 왕째리, 여자애 둘도 멈춰 섰다.

"그래도 혹시 경찰에 신고라도 하면 어떡해?"

"걱정 마, 새꺄! 경찰서 가도 잘못했다고, 다신 안 그런다고 적당히 빌면 다 통과야. 내가 초딩 때부터 터득한 거야."

"초딩 때?"

이쑤시개가 다시 물었다.

"그래! 내가 5학년 초에 원주에서 전학 온 놈 아구창을 몇 대 날리고 돈 3천 원 빼앗은 적이 있었거든. 그랬더니 그놈이 지 엄마한테 일러서 다음 날 학교에 같이 왔더라고."

"그래서?"

삼각김밥이 그다음이 궁금하다고 재촉을 했다. 여자애들도 호기심 있는 눈빛으로 이태균의 다음 말을 기다렸다.

"그놈 엄마가 미친년처럼 교무실에서 날뛰면서 나를 경찰에 넘기네 어쩌네 씨부리는 거야."

"그래 어떻게 됐어?"

"걔가 먼저 나를 째려봐서 그랬다고 둘러댔지. 그리고 돈도 빼앗은 게 아니라 꾼 거라고 박박 우기고. 그러다가 안 되겠다 싶어 잘못했다고 빌었지 뭐. 앞으로는 사이좋게 지내고 돈도 돌려주겠다고. 그놈한테 몰래몰래 주먹을 내보이면서 겉으로는 반성하는 척한 거지."

"그랬더니?"

이태균이 의기양양한 표정으로 뒷말을 이었다.

"그랬더니는 뭐가 그랬더니야? 용서받은 거지. 멍청한 담임이 걔네 엄마한테 내 장래를 위해서 한 번만 용서해주라고, 자기가 혼을 내주겠다고, 애들은 다 싸우면서 크는 거 아니냐고 그러니까, 그 새끼 엄마가 앞으로 다신 그러지 말라고 하고는 끝났어.”

“그래서 담임한테 혼났어? 그놈이랑은 사이좋게 지내고?”

“혼나기는 뭐. 나는 정말 크게 혼날까 봐 바짝 쫄아 있었는데 그 냥 통과됐지. 그 멍청한 담임이 울 엄마한테 전화 한 통 하더니, 앞 으로는 싸우지 말라고만 하더라. 집에 갔더니 울 엄마는 아예 아무 말도 하지 않고. 하여튼 그래서 그 고자질쟁이 새끼는 내가 반 애 들한테 절대 아는 체도 하지 말고, 말도 하지 말고, 완전 개무시하 라고 그랬지. 그랬더니 못 견디고 2학기 때 다른 학교로 다시 전학 가더라고.”

왕째리, 삼각김밥, 이쑤시개가 잘했다며 이태균을 치켜세웠다. 여자아이 둘도 그런 놈은 그렇게 맛을 보여줘야 한다고 맞장구를 쳤다.

“야, 한 번은 또 내가 6학년 때 내 짝한테 아이스께끼를 하고 거 기를 만진 적이 있었는데, 그때도 다신 안 그런다고 그냥 장난 삼 아 호기심으로 그런 것이라고 둘러댔더니, 담탱이가 앞으로 절대 그러지 마라 하고는 끝이더라. 난 여태 벌 한 번 제대로 받은 적 없 어. 최고로 쎘던 벌이 후배 놈한테 돈 8천 원 빼앗아 가지고 일주일 간 화장실 청소한 거였어. 그런데 그것도 내가 하지 않고 다른 어 벙한 놈 잡아서 대신 시켜버렸지. 으키키키! 담탱이는 검사도 안

해!"

이태균은 자신의 과거 악행들을 무슨 무용담을 하듯 자랑스레 떠벌렸다.

"내가 중학교 올라가서는 말야, 신북초등학교 출신 놈, 떡대가 이따만 한 새끼 대갈빠구를 샤프 연필로 세 번 내리찍어서 빵꾸를 세 군데 내버렸어. 덩치가 크다고 깝짝깝짝 까불기에 열이 받아서 말야."

"어우! 그건 사건이 꽤 컸겠다."

"웅! 그 떡대가 지 아버지한테 말해서 결국 울 엄마 아빠가 학교에 불려 왔는데, 울 엄마 아빠가 사바사바를 잘해서 그것도 그냥 넘어갔어. 담임이 중재를 해서 합의를 보고 치료비조로 돈 좀 많이 집어 줬나 봐. 야, 근데 그날 울 엄마 아빠가 뭐라고 그랬는 줄 아냐? 무슨 방법을 쓰든 상대를 이기란다. 절대 얻어맞지는 말라더라. 뒤는 자기들이 다 알아서 처리해준다고. 암튼 그 사건이 있고부터 내가 명진중학교에서 확실히 일진 짱 먹었지. 2, 3학년 선배 일진들이 그 소문을 듣고 날 인정해주더니 팍팍 밀어주더라고."

삼각김밥과 이쑤시개가 고개를 크게 끄덕거렸다. 매우 부러워하는 표정이었다.

"중2 때는 우리 반 띨띨한 놈이 자살을 해가지고 진짜로 경찰서까지 불려 갔었는데, 뭐 금방 나왔어. 경찰서도 뭐 별거 아니더라고. 때렸냐, 돈 빼앗았냐, 건성으로 물어보고서 끝이야. 안 그랬다고 끝까지 오리발 내밀면 돼! 아무튼 우리가 미성년자에다 학생이니까 무슨 잘못을 해도 함부로 어쩌지 못해. 법으로 그렇게 돼 있어. 어쩐다 해도 법원에서 보호관찰인지 뭔지로 다 풀려난대. 그러니까 겁먹을 거 하나도 없다고. 으키키키!"

그들은 큰 소리로 웃고 떠들며 마치 굶주린 들개 떼처럼 움직였다.

"완, 투, 뜨리, 요 철리 말리 길~ 조까라 마이싱~ 하!"

출처를 알 수 없는 욕설 노래를 합창 삼아 흥얼거리면서 어둠 속으로 사라져갔다.

7장 · 거울

그날, 연락은 경찰서에서가 아니라 아파트 관리사무소에서 왔었다. 성혁은 점심 장사를 마치고 홀에서 식탁 다리를 고치는 중이었다. 전화를 받고 난 성혁은 주방으로 들어가 아내에게 전했다. 아내는 저녁 장사를 위해 주방 바닥에 쪼그려 앉아 감자를 깎고 있었다.

"여보! 관리사무소에서 전화가 왔는데, 집에 좀 가봐!"

"관리사무소요? 관리사무소에서 왜요? 내가 수돗물을 안 잠그고 나왔나?"

아내가 잠시 동작을 멈추고 고개를 치켜들었다.

"그게 아니라, 윤빈이가 어쩌고저쩌고하는 것 같은데?"

"윤빈이가요? 우리 윤빈이가 왜요? 그리고 윤빈이는 지금 학교에 있을 시간이잖아요?"

"참, 그러네! 혹시 조퇴하고 와서 현관 열쇠가 없어서 그러나?"

"걔가 현관 열쇠를 또 잃어버렸나? 그럼 직접 가게로 전화하지 왜 관리사무소에 부탁을 했을까?"

아내는 고개를 갸웃거리면서 여전히 감자를 깎았다. 성혁이 재촉을 했다.

"감자는 내가 깎아놓을 테니 얼른 갔다 와! 가보면 알겠지."

"그럼 전화부터 먼저 해보고요."

그제야 일어선 아내가 자기 휴대폰으로 윤빈이에게 전화를 걸었다. 하지만 받지 않는 모양이었다.

"이 녀석, 전화 안 받네. 여보! 그럼 나 얼른 갔다 올게요."

"그래! 택시 타고 가."

"택시는 무슨 택시예요, 택시비가 얼만데요? 버스 타고 열네 정거장만 가면 되는데. 간 김에 집안 청소도 하고 올게요."

"그래, 그렇게 해."

"걔가 아침에 기침을 좀 하는 것 같았는데, 감기가 심해졌나?"

아내는 가게 밖으로 나가 버스 정류장으로 향했다.

성혁은 흔들리는 식탁 다리를 마저 손봤다. 그리고 돼지 등뼈 손질을 하고 아내가 하던 감자 깎기를 마쳤다. 대파와 쑥갓도 다듬어 잘 씻은 뒤 주방 한쪽에 두었다. 아내가 돌아오면 바로 끓일 수 있도록 모든 준비를 마쳤다. 그러나 아내는 전화도 하지 않았고 오지도 않았다. 본격적인 저녁 장사야 다섯 시가 넘어 시작하니까 조금 늦어도 상관은 없었다.

"밀린 빨래도 하나 보지?"

그리 생각하고 가게 앞을 쓸고 유리창도 닦았다. 맛도 맛이지만, 행인이 뜸한 변두리에 차린 가게였기에 위생에도 각별히 신경을 썼다. 좋은 이미지로 단골 고객을 많이 확보해 얼른 자리를 잡으려는 의도였다. 그러나 기대했던 만큼 장사가 그리 잘되는 건 아니었다. 하지만 이사 오기 전 인제에서 했던 옷 장사보다는 수입이 나았다. 아내도 감자탕 장사로 바꾼 걸 후회하지는 않는 눈치였다.

"시난 1년은 경험을 쌓는 것이었다 치고, 올 1년은 확실히 자리를 잡아야 해. 좀 더 열심히 해야겠어. 홍보도 적극적으로 하고."

아내에게 전화가 온 것은 저녁 장사가 시작되기 직전인 네 시 오십 분경이었다. 아내를 기다리다 못해 직접 안친 감자탕이 가마솥에서 맛있는 소리를 내며 끓고 있을 때였다. 가게 전화가 아닌 휴대폰으로 걸려 온 것이었다.

"응! 나야, 여보!"

"……!"

아내는 말을 하지 않았다. 전화를 걸어놓고 그저 묵묵히 있을 뿐이었다. 전에는 한 번도 없던 경우였다.

“전화해놓고 왜 말을 안 해? 그리고 왜 안 와? 윤빈이는 어때?”

연속된 질문에도 아내는 묵묵부답이었다. 분명히 아내의 휴대폰 번호임을 확인하고 받았는데, 이상한 일이었다.

“여보! 왜 그래?”

다시 큰 목소리로 물었다. 그러자 저쪽에서 목소리가 들려왔다.

“여보세요.”

하지만 아내 목소리가 아니었다. 굵직한 남자 목소리였다. 나이도 꽤 들어 보이는 듯했다. 놀라서 되물었다.

“여보세요? 누구신지?”

“아, 예! 아주머니가 전화를 걸어놓고 쓰러지셔서……. 여기는 은광병원…….”

“예? 병원이라고요?”

성혁은 한걸음에 병원으로 달려갔다. 아내는 은광병원 영안실 밖 플라스틱 벤치에 앉아 있었다. 완전히 넋이 나간 표정, 눈물과 콧물로 범벅이 된 얼굴, 흥건히 젖어 있는 옷 앞섶. 심상치 않아 보였다.

“여보! 여보!”

아내를 흔들었다. 그러나 아내는 반응하지 않았다. 더욱 세게 흔들며 다그쳐 물었다.

“이게 대체 어떻게 된 일이야?”

"여, 여보! 여, 여보!"

그제야 아내는 멍한 눈으로 바라보더니 그 말만 되풀이했다.

잠시 후 영안실 문이 열리고 50대 후반으로 보이는 사내가 나왔다.

"학생 아버진가 본데 이리 들어와요. 아주머니는 여태 거기 그렇게 앉아 있었어요. 들어오라고 해도 들어오지도 않고."

아까 아내 휴대폰으로 통화를 했던 그 사람이었다. 성혁은 가만가만 영안실 안으로 들어갔다. 다리가 후들거렸다.

"자, 이리 와서 확인을 좀…….

사내의 지시에 따라 영안실 안쪽으로 더 들어갔다. 싸늘한 스테인리스 재질의 대형 냉장고 앞이었다. 상층과 하층, 2단으로 이뤄진 냉장고는 한 층에 네 칸씩 모두 여덟 칸으로 이루어진 것이었다. 그중 상층의 맨 오른쪽 칸에 검은 사인펜으로 휘갈겨 쓴 이름이 적혀 있었다.

'김윤빈 15세.'

아들이었다. 그 이름을 보는 순간 성혁은 쇠망치로 정수리를 강타당한 듯한 충격을 느꼈다. 어마어마한 충격이었다. 마치 정수리부터 시작해 몸이 두 쪽으로 순식간에 갈라지는 것 같았다.

"끄헉!"

숨이 막혔다. 눈앞이 캄캄했다.

"어린 학생이 뭐 때문에 그런……. 쯧! 쯧!"

사내는 혀를 두어 번 찬 뒤 냉장고 문을 열고 시신 안치판 손잡이를 잡았다. 그러고는 천천히 앞으로 당겼다. 그러자 스르륵! 도르래 소리가 나며 싸늘한 한기와 함께 하얀 천이 덮인 시신 한 구가 밖으로 나왔다.

"자, 확인해봐요."

사내가 하얀 천을 걷었다. 교복 차림의 윤빈이 얼굴이 드러났다. 머리칼에 엉겨 붙어 있는 핏덩이, 심하게 일그러진 표정, 미처 다 감지 못하고 4분의 1쯤 뜬 눈, 목 부위에 넓게 퍼진 시퍼런 멍……. 성혁은 시선을 떨구었다. 차마 보고 있을 수가 없었다.

"아들 맞지요?"

사내가 확인 질문을 했다. 그러나 성혁은 대답하지 못했다. 그저 눈물만 주룩주룩 흘리며 얼어붙은 듯 서 있었다. 뇌세포가 다 녹아서 증발이 된 양 아무 생각도 나지 않았다. 다시 소름 끼치는 도르래 소리가 스르륵! 들리고 냉장고 문 닫히는 소리가 그 뒤를 따랐다.

윤빈이는 아파트 5층 뒷베란다에서 뛰어내렸다. 등교 준비를 마친 아침 여덟 시경이었다. 5층짜리 낡은 아파트의 뒤쪽 축대는 개나리 줄기가 무성히 자라 작은 숲을 이룬 곳이었다. 노란 꽃은 다 지고 이제 푸른 잎이 하나둘 돋기 시작한 개나리 덤불 속에서 윤빈이는 목이 부러진 채 엎드려 있었다. 그의 시신을 발견한 사람은 아파트 관리소장 겸 경비원이었다. 느지막이 출근한 경비원이 다섯 개 동으로 이루어진 아파트 단지를 돌아보다가 열 시쯤에 발견한 것이었다.

"아, 연락처를 찾을 수가 있어야지! 그래서 현관문을 강제로 열고 들어가서 가게 전화번호를 알아낸 거야. 세입자라 하더라도 관리소에 비상 연락 번호를 알려줬어야지. 그래, 빈집에 불이 나거나 뭔 사고가 나면 어쩌려구. 이잉!"

육십이 훌쩍 넘은 늙은 경비원은 망가진 현관문을 고쳐주며 짜증스레 말했다.

장사 준비로 성혁은 늘 아내와 일곱 시에 집을 나왔었다. 윤빈이는 그 뒤 여덟 시가 다 되어서 등교를 해 항상 제일 늦게 집을 나섰다. 그 무렵 성혁은 윤빈이에게서 별다른 이상을 발견하지 못했다. 아침밥을 좀 적게 먹고 말이 별로 없었을 뿐이었다. 어쩌다 학교에 일찍 가는 날에는 현관 신발장 벽면에 붙어 있는 거울을 보며 옷매무새를 고치곤 했었다. 머리를 빗고, 어깨 먼지를 털고, 넥타이를 바로 매는 등 외모에 신경을 썼다. 하지만 중학교 2학년 새 학기가 되어 으레 그러려니 생각했었다. 게다가 뺨에 여드름이 돋아나고 콧수염이 검어지기 시작해 사춘기가 시작된 것으로만 여겼었다.

"윤빈아, 현관문 꼭 잠그고 가!"

아침마다 건넸던 그 말이 윤빈이에게 한 마지막 말이 되어버렸다.

얘기를 많이 나누어야지 하면서도 잘 되지 않았다. 대화를 할 시간이라고는 아침밥을 먹는 10분 내외의 짧은 시간뿐이었다. 그나마도 윤빈이가 부쩍 과묵해진 데다가 성혁 또한 빨리 가게에 나가 장사 준비를 해야 하기에 긴 대화는 꿈도 꿀 수 없었다.

"윤빈이 너, 공부 잘하고 있는 거지?"

"그럼 잘하고 있지. 우리 윤빈이가 공부 안 하고 엉뚱한 짓 하겠어요?"

"그래! 아빠는 너를 믿어! 너는 틀림없이 모두에게 존경받는 훌륭한 선생님이 될 거야!"

"그럼요! 우리 윤빈이가 어떤 앤데요? 윤빈아, 밥 더 줄까?"

긴 대화라고는 고작 그 정도였다.

나중에 윤빈이의 휴대폰에 남아 있는 몇 통의 문자를 보고 성혁은 아차 싶었다.

—썹탱아, 오늘 나머지 돈 마저 안 가져오면 뒈진다.

—열 대 추가해서 스무 대야. 각오해라.

—그 애 델구 8시까지 퇴계공원 꼭대기 충혼탑으로 와! 안 델구 오면 너희 둘 다 개아작 날 줄 알아.

온통 끔찍스런 협박성 문자였다.

기가 막히고 분통이 터졌던 것은 학교 측의 처사였다.

"선생님, 우리 애는 절대 이유 없이 자살할 애가 아닙니다. 여기 이렇게 그 애들이 보낸 협박 문자가 있잖아요?"

윤빈이의 자살이 이태균과 그 패거리들의 괴롭힘 때문임이 확실하다고 알렸을 때, 교장 승진을 앞둔 교감은 사건을 덮기에 급급했고 소문의 확산을 막으려고 안간힘을 썼다. 담임도 매한가지였다.

"안됐지만, 그것은 윤빈이의……."

그는 윤빈이의 자살이 심약함 때문에 일어난 개인적인 일로 돌리기까지 했다.

"제가 애들을 불러 물어보았더니, 그건 그냥 장난 삼아 한 거라더군요."

"뭐라고요? 장난으로요?"

"예! 실제로 그렇게 한다는 게 아니라 그냥 재미 삼아 해본 거랍니다. 또 사실 아무 일도 없었답니다. 그 애들이 윤빈이를 때리거나 괴롭히는 걸 봤다는 아이도 한 명 없고요."

"담임 선생님 말이 맞습니다. 우리도 다 알아봤는데, 그저 아이들 장난 수준이었습니다. 우리 학교에서는 왕따니 폭력이니 그런 일 절대 없습니다. 학교폭력이 없는 학교로 교육청장 표창까지 받았습니다."

분명한 증거가 있는데도 그들은 인정하지 않았다. 성혁이 강력히 항의하자 학교 측은 이태균과 그 패거리들에게 겨우 반성문 한쪽 쓰게 한 게 전부였다. 다시 학교에 찾아가서 항의를 하고 교무실을 나왔었다. 발걸음이 떨어지지 않았다. 그때 안에서 교감과 담임이 주고받는 말소리가 새어 나와 가슴을 후벼 팠다.

"이 살벌한 경쟁 사회에서는 말이오, 도태될 놈은 일찌감치 도태되게 되어 있어요! 어떤 이유로든 말이오."

"그야 그렇지요. 학교에서도 아니고, 자기가 집에서 죽은 걸 우리보고 뭘 어쩌라는 소린지, 난감합니다, 교감 선생님!"

"아무튼 이 얘기가 학교 밖으로 새나가지 않도록 애들 입단속 철저히 시켜요. 우리 학교 이미지 실추되면 큰일이에요."

주변 사람이 알려줘 도 교육청에 진정도 해보았다. 소용없었다.

"그게 사실이라면 우선 해당 학교에서 정확한 조사가 이루어진 뒤, 학교장이 징계를 결정하는 게 순서입니다. 그 징계가 불만이라면 그다음에 시 교육청에 진정을 하시고, 거기 처리마저 불만이시라면 그때 도 교육청으로 접수하시는 겁니다. 이렇게 여기로 직접 찾아오셔서 막무가내로 진정을 하시고 그러면 안 됩니다. 행정이란 정해진 단계를 철저히 거쳐야 되는 겁니다."

담당 직원이 짜증을 내며 진정서를 되돌려주었다.

경찰 역시 다르지 않았다.

"뭐, 한번 불러서 물어보기는 하겠습니다만, 보나마나 이거 증거 불충분이에요."

"증거 불충분이라뇨? 내 아들이 그 애들의 괴롭힘 때문에 죽었는데요? 여기 그놈들이 보낸 협박 문자를 보세요."

"그런 문자야 남자애들은 흔히 장난 삼아 보내요. 솔직히 걔들이 아들을 직접 죽인 게 아니잖아요? 아들이 스스로 자살을 한 거지. 사실 요즘 청소년들 꺼떡하면 죽고 그래요. 집이 가난하네, 외모가 못생겼네, 성적이 떨어졌네, 이성 친구가 변심을 했네, 하면서요. 아주 유행이에요, 대유행! 요즘 애들은 키만 커졌지 마음은 더 약해졌어요. 그렇게 약해빠져서 원!"

담당 형사는 조사도 해보기 전에 시큰둥한 반응을 보였다. 귀찮아하는 표정이 역력했다.

여러 차례 수사를 독촉한 끝에 이태균과 그 패거리들이 경찰서에 불려 왔다. 그들 부모들도 우르르 몰려왔다. 하지만 성혁은 그 부모들에게 따지기는커녕 되레 멱살을 잡히고 상스런 욕을 한참 동안 들어야 했다.

"이 자식! 이거 어디서 우리 귀한 아들 장래를 망치려고 개수작을 부리는 거야? 우리 애가 당신 애를 죽였다는 증거 있어? 있으면 대봐!"

"왜 우리 애들한테 뒤집어씌워? 애들끼리 장난하다 서로 한두 대 때릴 수도 있는 거지! 그게 죄가 되는 거야? 만약에 그랬다고 쳐도, 그렇다고 홀딱 죽은 놈이 병신이지!"

“나도 학교 다닐 때 맞기도 해보고 돈도 빼앗겨보았어! 애들은 다 그러면서 크는 거지. 그게 정상이라고. 안 그래, 인마?”

삿대질과 욕설이 오랫동안 이어졌다. 그 위세에 눌려 성혁은 항변 한마디 제대로 할 수가 없었다. 특히 양주 도매업을 한다는 이태균의 아버지와 뷰티샵을 한다는 그의 엄마가 잡아먹을 듯 두 눈을 부릅뜨고 길길이 날뛰었다. 성혁의 멱살까지 잡고 거세게 흔들어댔다.

“우리 애가 일진이라니? 그럼 우리 애가 깡패라는 말이야? 이 자식이 어디서 말을 함부로? 우리 애는 그런 애가 아니야. 공부도 곧잘 한다고. 여태 말썽 한 번 피운 적 없어!”

“우리 태균이는 그럴 애도 아니고 그럴 시간도 없어요. 학교 끝나자마자 학원에 가고, 학원 끝나면 또 독서실에서 공부하다가 열두 시 넘어서야 집에 들어온다고요. 밤을 새우고 오기도 해요.”

“우리 애도 마찬가지예요. 공부 외에 다른 짓을 할 애가 아니에요. 아무래도 이 더러운 인간이 지 아들 죽음을 빌미로 우리한테 돈을 긁어내려는 꼼수예요. 틀림없어요. 이런 개 같은 작자들 요즘 많다고요. 나라가 어떻게 돌아가는 건지, 원! 이런 것들은 싹 다 잡아다 처넣어야지, 안 그러면 우리나라 곧 망해요.”

“맞아요! 그런 것 같아요. 명예훼손과 무고죄로 우리 이 사람을 고소하자고요. 감방에서 콩밥 먹고 정신 좀 차리게요.”

피해자인 성혁 자신이 오히려 죄인이 된 기분이었다. 분위기가 그렇게 변해버렸다. 그러는 사이 이태균과 그의 똘마니들은 의자에 앉아 장난을 치며 히죽히죽 웃고 있었다.

결국 경찰은 형식적인 참고인 조사만 간단히 마치고 그들을 돌려보냈다. 눈에서 핏물이 흐르는 원통한 일이었다. 그러나 성혁은 할 수 있는 일이 아무것도 없었다. 하나뿐인 아들이 죽었는데도 그저 눈물만 흘리고 한숨만 짓는 게 고작이었다.

그날 윤빈이가 수업 시간표대로 책가방을 싸놓은 것으로 보아 한동안 등교를 할까 말까 망설였던 것 같았다. 방도 책상도 말끔히 정리를 한 상태였다. 하지만 별다른 유서를 남기지는 않았다. 유품을 정리하면서 샅샅이 뒤져보았으나 발견하지 못했다. 윤빈이의 컴퓨터도 깨끗했다. 일부러 지워버린 듯 아무 흔적도 남아 있지 않았다. 휴대폰에서도 죽음을 암시하는 그 어떤 단서도 발견되지 않았다. 전화번호 몇 개와 문자 몇 통만 들어 있을 뿐이었다.

단서를 찾은 것은 윤빈이의 연습장에서였다. 연습장 중간 페이지 우측 상단 모서리에 아무렇게나 휘갈겨 쓴 낙서가 눈에 띄었다. 조그맣게 써놓고서 연필로 대여섯 차례 그어 지운 것이었다. 눈을 들이대고 자세히 살폈다.

'보림아, 미안해! 정말 미안해!'

'엄마, 아빠! 죄송해요.'

그 두 문장이었다. 도대체 보림이라는 아이와 아들의 죽음이 무슨 연관이 있는지? 그리고 왜 그 애한테 미안하다고 한 건지, 알 수가 없었다. 답답한 마음에 최보림이라는 아이에게 수없이 전화를 했다. 하지만 애석하게도 결번이라는 싸늘한 멘트만 흘러나올 뿐이었다.

"학교에서 무슨 일이 있었는지 사실대로 말해줄래?"

"뭐 별다른 일 없었어요."

"글쎄요? 저는 아는 게 없는데요."

교문 앞에 지키고 서서 윤빈이와 같은 반이었던 아이들을 붙잡고 사정을 해보았다. 소용없었다. 이태균의 보복이 두려워 아무도 말해주지 않았다. 반장까지도 모른다고 잡아떼었다.

성혁은 마지막으로 최보림이라는 여학생에 대해 자세히 알아보기로 했다. 윤빈이가 쓰던 교과서, 문제집, 참고서, 노트, 연습장을 다시 샅샅이 뒤졌다. 한 장 한 장 넘기면서 구석구석을 꼼꼼히 살폈다. 눈알이 시큰하도록 살피기를 몇 시간. 낡은 노트 맨 뒷장에 눈에 확 띄는 것이 있었다. 윤빈이가 쓴 메모 형식의 짤막한 일기였다. 두근거리는 가슴으로 읽어 내려갔다.

'최보림, 호반여중 1학년, 오늘 도서관에서 처음 만남.'

'오늘은 보림이와 휴대폰 번호를 주고받았다. 기분이 짱 좋았다.'

'오늘 보림이랑 떡볶이를 먹었다. 너무 매웠다. 하지만 맵지 않은 척했다. ㅋㅋ!'

'보림이는 순정 만화가가 되는 게 꿈이라고 했다. 나는 몇 번이나 망설이다가 초등학교 선생님이라고 겨우 대답했다. 공부에 자신이 없어서였다. 공부를 좀 더 열심히 해야겠다.'

'영어가 조금 달리는데, 엄마한테 학원 한 군데 보내달라고 말할 예정이다. 하지만 가게 장사가 그다지 잘되는 것 같지 않아 걱정이다.'

'기말고사가 끝났다. 보림이와 공지천에서 2인용 자전거를 빌려 탔다. 눈이 쌓인 둑길을 조심조심 달렸다. 그런데 이디오피아 기념관 옆에서 갑자기 그 애들이 나타나 우리를 불렀다. 너무 무서워서 우리는 멀리 도망갔다.'

'보림이와 함께 문화회관에서 하는 그림 전시회 구경을 갔다. 보림이는 그림들을 살펴보면서 매우 즐거워했다. 하지만 나는 그 애들이 나타날까 봐 조마조마했다.'

노트는 1학년 때 쓰던 것으로 윤빈이가 최보림을 만난 시점은 1학년 말인 12월 중하순경으로 추정되었다. 그 무렵 윤빈이는 1학년 2학기 기말고사 시험 준비를 한다며 시립도서관에 자주 갔었다.

다음 날 성혁은 호반여중으로 달려갔다. 교문 앞에 지켜 서서 이틀 동안이나 수소문을 하고 탐문을 했다. 겨우 최보림의 친구라는 여학생을 한 명 만날 수 있었다. 호반여중 2학년이었다.

"최보림이랑 같은 반이야?"

"아니요, 걔는 2반이고 저는 4반이에요."

"보림이랑 친해?"

"그렇게 친하지는 않고요. 같은 독서반이라서 서로 대화는 하고 지냈어요. 가끔 문자도 주고받았고요."

보림이 친구라는 여중생은 뭔가 말하기를 꺼리는 눈치였다. 자꾸 주변을 살피면서 자리를 피하려고 했다.

"그래? 그럼 내가 직접 보림이를 만나볼 수 없을까?"

"걔, 만날 수 없어요."

"왜? 어디 아파?"

"보림이 학교 안 다녀요."

전혀 예상치 못한 일이었다. 눈을 크게 뜨고 목소리를 높였다.

"안 다니다니? 아니, 왜?"

"울 담샘이 그러는데, 아무 말 없이 가출했대요."

"가출? 언제?"

"벌써 한 달 넘었어요."

한 달이 넘었다면 윤빈이가 자살을 하기 4, 5일 전이었다.

"왜 가출을 해?"

여중생은 선뜻 대답을 않고 머뭇거렸다. 성혁이 사정을 했다.

"알고 있는 사실대로 말 좀 해줘! 나한테는 아주 중요한 일이야."

"그게 저……. 소문에는 남중생들한테 성폭행을 당했다고 하더라고요. 그것도 그 애 남친이 보는 앞에서."

"뭐? 그게 정말이야?"

"학교에 소문이 그렇게 돌았어요. 그런데 선생님들은 그 애가 그냥 자발적으로 가출을 한 거라고, 보림이 얘기 절대 못하게 했어요. 그 애를 불량한 애로 보는 눈치였어요."

여중생은 누가 엿듣기라도 할세라 낮은 목소리로 대답했다.

"불량한 애로 보다니?"

"보림이가 엄마 없이 아버지랑 할머니랑 그렇게 셋이 살았거든요. 이것도 소문인데, 그 애 엄마도 몇 년 전에 가출을 했대요. 아버지는 변변한 직업도 없고, 할머니는 몸이 편찮아……."

끝말을 얼버무린 여중생이 하교 중인 다른 학생들을 살폈다. 힐끔힐끔 쳐다보면서 지나가는 다른 학생들이 몹시 신경이 쓰이는 눈치였다.

"너랑 전화는 하니?"

"제가 몇 번 해봤는데, 안 되더라고요. 문자도 안 되고."

그 여중생과의 대화는 거기서 끝이 나고 말았다. 교문 앞에 학원 차가 도착해 경적을 울려댔기 때문이었다.

짧은 대화였지만 여중생의 말 중에는 직감적으로 가슴에 와 닿는 것이 있었다. "소문에는 남중생들한테 성폭행을 당했다고 하더라고요. 그것도 그 애 남친이 보는 앞에서." 그 말이 자꾸 귓가를 맴돌며 가슴을 후벼 팠다. 성혁은 소문이 아닐 거라고 확신했다.

"이태균, 그 녀석이라면 그러고도 남을 놈이야!"

최보림의 남친이라면 아들 윤빈이가 분명했다. 그리고 윤빈이 휴대폰에 남아 있던 문자, '그 애 델구 8시까지 퇴계공원 꼭대기 충혼탑으로 와! 안 델구 오면 너희 둘 다 개아작 날 줄 알아.' 그 문자에서 '그 애'는 최보림이 틀림없었다.

"이태균 그 녀석이 윤빈이와 막 사귀기 시작한 보림이를 데리고 나오라고 협박을 해서, 윤빈이가 보는 앞에서 보림이를 집단 성폭행하고……. 그 개만도 못한 새끼! 그 새끼를 당장……."

성혁은 어금니를 바드득 갈고 주먹을 으스러져라 움켜쥐었다. 주체할 수 없는 분노로 두 팔이 부들부들 떨렸다. 증거가 필요했다. 그러려면 최보림부터 찾아야 했다. 하지만 최보림을 찾아낼 방도가 없었다.

하루하루 시간만 자꾸 흘렀다. 그 사이 아내의 병세는 더욱 악화되어갔다. 밥을 먹지도 않고 몸을 씻지도 않고 온종일 창가에 쪼그려 앉아 있었다. 울다가 웃다가를 반복하면서.

"여보, 오늘은 목욕을 좀 해야겠어! 자, 어서 욕실로 가자. 내가 물 받아놨어."

어느 날 저녁, 성혁은 아내를 안고 욕실로 들어갔다. 아내는 무게감도 부피감도 느낄 수 없을 정도로 몸이 거의 반으로 줄어든 상태였다.

"내가 씻어줄 테니까 가만히 앉아 있어."

자기가 옛날에 윤빈이를 씻겨주던 생각이 나는지 아내는 자꾸 히죽히죽 웃었다.

"생각나지? 옛날에는 당신이 우리 윤빈이를 이렇게 목욕도 시켜주고, 머리도 감겨주고……."

성혁은 목이 메어 더 이상 뒷말을 잇지 못했다.

아내는 자기가 마치 어린 윤빈이라도 된 것처럼 발로 물장구도 치고 손으로 비누 거품도 만들면서 몹시 좋아했다.

"이제 머리 감아야지."

아내의 몸을 다 씻기고 나서 막 머리를 감기려는 순간이었다. 초인종 소리가 급하게 들렸다.

"여보, 잠깐 있어. 밖에 누가 왔나 봐."

성혁은 욕실에서 나와 현관으로 다가갔다. 가는 도중에도 누군가가 초인종을 계속 눌러댔다. 도대체 누굴까? 찾아올 사람이 없는데? 그리고 뭐가 그리 급하다고 초인종을 자꾸 누르는 걸까? 의

아해하며 현관문을 열었다.

"누구세요? 어?"

서울에 사는 아파트 주인 남자였다.

"대체 전화를 왜 안 받는 거요?"

"예?"

"낮에 하루 종일 전화를 했었는데 통 받아야지. 그래서 이렇게 내려왔잖아."

주인 남자는 말투가 딱딱하고 표정이 싸늘했다.

"죄송합니다. 집사람이 전화 벨소리를 못 들었나 봐요. 큰일을 겪은 터라 요즘 정신이……. 그런데 무슨 일로?"

"다른 게 아니라, 집을 비워줘야겠어."

느닷없이 집을 비워달라는 말이었다. 월세를 밀린 적이 없고 계약 기간도 남아 있었다. 어리둥절한 표정으로 집주인 남자를 바라보며 물었다.

"예? 집을요?"

"응! 나도 얘길 들었는데, 소문이 퍼지면 아파트 값이 형편없이 떨어질 게 뻔해. 보증금 내줄 테니 조용히 비워주게. 수리를 싹 해서 아예 팔아치우려고 그래."

윤빈이의 자살 사건 때문인 모양이었다. 그 얘기를 전해 듣고 달려와 아파트 값 떨어진다면서 다짜고짜 집을 비워달라는 말이었다. 너무 기가 막혀 성혁은 그저 멍하니 서 있었다. 주인 남자가 목소리를 높였다.

"보름 여유를 줄 테니 비우도록 해! 내가 처음부터 사람 잘 골라 들이라고 부동산에 그렇게 부탁을 했었는데, 그런 재수 없는 일이 내 아파트에서 생기다니, 원! 에이 씨!"

인상을 쓰며 내뱉는 그의 말에 성혁은 기분이 몹시 상했다. 주인 남자를 노려보며 막 한마디 하려는 찰나, 갑자기 목욕탕 문이 벌컥 열렸다. 그와 동시에 날카로운 목소리가 아파트를 뒤흔들었다.

"윤빈아, 숨어! 어서 숨어! 빨리!"

아내였다. 아내가 벌거벗은 몸 그대로 뛰어나와 고래고래 소리를 질렀다. 남편 성혁을 아들인 윤빈이로 착각하고 숨으라고 난리였다.

"너, 이 나쁜 놈! 내가 가만 안 둘 거야."

그러면서 주방으로 달려가 커다란 프라이팬을 들고 왔다. 벌써 표정이 매섭게 변해 있었고 흥분으로 숨을 헐떡이는 상태였다. 살기까지 띤 눈빛으로 아내는 주인 남자를 쏘아보며 프라이팬을 높이 치켜들었다. 주인 남자를 이태균으로 여기고 있는 게 분명했다.

"우리 윤빈이 건들지 마! 건들면 내가 널 가만 안 둘 거야."

성혁이 얼른 아내 앞을 가로막았다.

"여보! 진정해! 이분은 그 녀석이 아니라 이 집 주인이야."

하지만 아내는 막무가내였다. 고래고래 소리를 지르면서 프라이팬을 마구 휘둘렀다. 그 바람에 현관 신발장 벽면에 붙어 있던 낡은 거울이 와장창 깨지고 말았다. 현관 바닥에 날카로운 거울 파편이 쫙 깔려 반짝거렸다. 집주인이 아내를 부릅뜬 눈으로 노려보았다.

"죄송합니다. 죄송합니다."

몇 번이나 죄송하다고 말하면서 성혁은 집주인의 구두 위에 떨어진 거울 파편을 털어주었다. 인상을 쓰고 아내를 노려보던 집주인이 입을 열었다. 몹시 화가 난 목소리였다.

"원 별 미친……. 보름이야, 보름! 보름 내로 집을 비워! 알아들었지?"

잠시 아내를 훑어보던 주인 남자는 몸을 돌려 밖으로 나가버렸다. 언제 왔는지 밖에는 아파트 주민들이 빼곡히 몰려 있었다.

"세상에! 완전히 돌았나 봐. 홀딱 벗고서 저렇게? 에그!"

"이게 웬 동네 망신이야, 그래?"

"아이구! 애들이 볼까 무섭네!"

"요 옆 506호는 벌써 집 내놨대요. 그 집 초등학생 딸이 무서워서 못살겠다고 하도 그래서요."

얼른 현관문을 닫았다. 그러나 주민들이 수군거리는 말소리가 문틈으로 고스란히 들어와 가슴 깊이 틀어박혔다.

8장 · 숯으로 그린 얼굴

감고 있던 눈을 떴다. 교실 안이었다. 운동장을 수십 바퀴나 걷다가 그대로 쓰러져 정신을 잃었던 것 같은데, 언제 교실 안으로 기어들어온 걸까? 아무리 머리를 굴려도 생각나지 않았다. 몇 시간이나 흘렀는지, 며칠이 지났는지 도무지 알 수가 없었다. 이틀 정도가 지난 것 같기도 했고, 두 달이 흘러간 것도 같았다.

살펴보니 입고 있는 옷이 온통 흙투성이였다. 무릎으로 기어 들어왔는지 바지에 구멍이 나고 양손 손바닥에는 유리 조각과 가시가 서너 개씩 박혀 있었다. 손톱 밑에는 까맣게 흙이 끼어 땅 구덩이를 파다가 들어온 삽살개 꼴이었다.

일어서려 했으나 도무지 몸을 움직일 수가 없었다. 온몸의 기가 다 빠져 영 힘을 쓰지 못했다. 통증도 심해 예리한 칼로 전신을 마구 헤집는 것 같았다. 그래도 일어나 앉으려고 바닥에 손을 짚고 힘을 줘보았다. 하지만 무리였다.

"안 돼! 안 되겠어!"

결국 포기하고 그대로 누워 있었다.

머릿속에서 과거의 기억들이 마구 뒤엉킨 채 두서도 없이 재생되었다. 혼란스러웠다. 꿈 같기도 하고 현실 같기도 하고. 차라리 꿈이었으면, 바라면서도 성혁은 그게 꿈이 아니라는 걸 인정하지 않을 수 없었다.

먼동이 터 창문 밖이 훤해지기 시작했다. 배가 고팠다. 몹시 고팠다. 무언가를 먹으면 기운을 좀 차릴 텐데. 간신히 몸을 굴려 먹을 것을 찾아보았다. 하지만 배낭 속을 아무리 뒤져도 먹을 게 없었다. 컵라면도, 즉석밥도, 번데기 통조림도, 육포도, 김치도 바닥이 난 상태였다. 버너 옆에는 빈 용기와 포장지들만 쓰레기가 되어 수북이 쌓여 있을 뿐이었다.

"내가 뭘……."

자다가 일어나서 무언가를 먹고서 또 누워 자고, 다시 일어나 또 뭘 먹고……. 그렇게 몇 차례 반복했던 게 어렴풋이 생각났다.

"으으으!"

오한이 들어 몸이 자꾸 떨렸다. 기침도 더 심해졌다. 기침을 할 때마다 뼈 마디 마디가 분해되는 듯한 통증이 전신을 훑고 지나갔다. 따뜻한 커피라도 한잔 마시고 싶었다. 그러나 버너 연료가 떨어져 불도 피울 수 없었다. 웅크리고 누운 자세로 눈동자를 돌렸다. 초등학생용 조그마한 책걸상이 시야에 잡혔다. 상판은 목재로, 다리는 쇠파이프로 된 것이었다.

"그래! 저, 저거……."

턱이 덜덜 떨려 말도 나오지 않았다.

불을 피우기로 했다. 책걸상이 있는 곳으로 조금씩 조금씩 기어갔다. 여러 차례 왕복을 하며 책걸상을 하나씩 끌고 와 시멘트 바닥에 높이 쌓았다. 음란 폭력 만화, 도색잡지, 교과서를 뜯어 책상 틈새에 잔뜩 구겨 넣었다. 맨 밑 일본 만화에 라이터 불을 댕겼다. 종이가 얇고 부드러워 금세 불이 붙었다. 악마의 혓바닥처럼 날름거리는 불길은 점점 더 그 크기를 키워나갔다. 곧 도색잡지와 교과서로 옮겨붙은 불은 책걸상을 삼키려 거세게 일어났다. 그에 따라 희뿌연 연기도 피어올라 교실을 금세 가득 채웠다. 그 때문에 앞이 보이지 않을 정도로 시야가 흐릿해지고 눈이 따가웠다. 깨진 유리창을 통해 연기가 빠져나가고는 있었으나 시간이 좀 걸릴 것 같았다.

"타! 어서 활활 타라고!"

일단 책상 상판 부분에 불이 붙자 연기는 줄어들고 화력은 세져 주변이 뜨거워지기 시작했다. 몸이 한결 풀리는 느낌이었다. 코펠을 집어 들었다. 생수병을 찾았다. 그러나 전부 텅텅 빈 것들뿐이었다. 커피라도 한잔 마시려면 천상 학교 뒤 울타리를 빠져나가 도랑물이라도 떠 와야 했다. 학교 교문 밖에 계곡물이 있지만 불편한 몸을 이끌고 거기까지 갔다 오기에는 거리가 너무 멀었다.

"끄응!"

낚싯대를 지팡이 삼아 몇 번 만에 겨우 일어섰다. 절룩절룩 교실 밖으로 나갔다. 학교 뒷마당에는 희뿌연 아침 안개가 엷게 끼어 독가스처럼 떠돌고 있었다. 조심스레 사철나무 울타리 사이를 지나 도랑에 다다랐다. 졸졸졸 흐르는 도랑물 소리가 마치 서너 사람이 다정하게 재잘거리는 속삭임처럼 들렸다.

물을 뜰 만한 적당한 곳을 찾다 보니 날이 완전히 밝아 사물이 뚜렷하게 드러났다. 작은 웅덩이를 향해 물을 뜨려고 허리를 굽혔다. 그러다가 흠칫 놀랐다. 잔잔한 물 표면에 자신의 얼굴이 선명히 떠올라 있었다. 마구 헝클어져 거미줄과 뒤섞인 머리카락, 구불구불 이마에 말라붙어 있는 핏자국, 흙먼지가 넓게 묻은 뺨, 흐리멍덩하니 초점을 잃은 눈동자, 숯 검댕으로 거무튀튀한 코, 뻘건 김치국물 자국이 남아 있는 입가. 매우 낯선 모습이었다. 성혁은 코펠로 자신의 낯선 얼굴을 푹 떠서 벌컥벌컥 마셨다.

다시 물을 가득 퍼 들고 교실로 향했다. 그러나 발목과 무릎, 허리 통증이 심해 더 이상 걷기가 어려웠다.

"조, 좀 쉬, 쉬었다……."

아무래도 잠깐 쉬었다가 가야 할 것 같았다. 우측 가장 가까운 벚나무 고목 밑으로 갔다. 벚나무 발치에 등을 기대고 주저앉았다. 꽤나 쌀쌀한 날씨였다. 바람도 불고 있었다. 하늘도 흐릿했다.

고개를 돌려가며 학교 뒷마당을 살폈다. 그 사이 벚꽃은 더욱 피어 꽃송이가 엄지손톱만 했다. 이제 3, 4일 정도만 지나면 만개를 할 듯싶었다. 별관동 지붕 위로 책걸상이 타는 연기가 새어 나오고 있었다. 창문을 빠져나온 한 줄기 연기는 바람에 흔들리며 꼬불꼬불 하늘로 올랐다. 그러다가 어느 한 순간 흔적도 없이 사라져버렸다.

책걸상으로 피운 모닥불로 물을 끓였다. 코펠 공기에 인스턴트 커피 한 봉지를 뜯어 넣고 물을 따랐다. 침낭으로 몸을 두른 후 불 가까이에 앉았다. 검붉게 타오르는 불꽃을 보며 커피를 홀짝였다. 뜨거운 커피가 몸속으로 들어가자 오한이 한결 줄어드는 기분이었다. 그러나 허기는 가시지 않았다. 커피 한잔을 더 타 마셨으나 별반 나아지지 않았다. 오히려 커피의 자극으로 인해 배가 더 고픈 느낌이었다. 눈앞이 점차 노랗게 변하고 현기증마저 일었다.

오랫동안 움직이지 않고 있던 성혁은 온몸에 두른 침낭을 벗었다. 그리고 교실 바닥을 짚고 엎드렸다. 그런 후 개처럼 네발로 기어 먹을 것을 찾았다. 그 자세로 교실 구석구석을 살피며 한 바퀴를 돌았다. 그러나 콩알 한 개 발견하지 못했다.

“이, 이런 우라질!”

자신도 모르게 짜증이 났다. 욕설이 튀어나왔다.

쓰레기 더미 속을 뒤졌다. 빈 컵라면 그릇을 하나 찾아 들고 혓바닥으로 속을 핥았다. 빈 통조림 캔도 찾아내 혀를 집어넣어 찌꺼기를 먹었다. 라면 스프 봉지와 김치 봉지도 찾아 쪽쪽 빨았다. 즉석밥 용기에 붙어 있는 밥풀떼기도 일일이 떼어 먹었다. 빈 소주병을 잡고 거꾸로 들었다. 입을 크게 벌렸다. 병 주둥이에 소주가 한 방울 맺혀 대롱거렸다. 소주 방울을 받으려고 혀를 길게 내밀었다. 그 순간, 휴대폰 벨소리가 울렸다.

“여, 여보세요?”

아내가 입원해 있는 정신요양원에서 온 전화였다.

“예? 뭐, 뭐라고요?”

너무 놀라 자신도 모르게 벌떡 일어났다. 떨리는 목소리로 다시 물었다.

“저, 정말이오?”

저쪽의 대답을 기다리는 짧은 순간이 수십 년이나 되는 것처럼 아주 길게 느껴졌다. 호흡이 거칠어졌다. 심장이 마구 뛰어 터지기 일보 직전이었다.

“정말이냐니까요?”

대답을 기다리지 못하고 고함치듯 물었다. 저쪽에서 정말이라는 소리가 들려왔다.

"허허! 으허허허!"

그 소리를 듣고 헛웃음이 새어 나왔다. 동시에 눈물도 흘러내렸다.

"끝내는 그렇게, 그렇게……."

전신의 체세포 하나하나가 모래알처럼 흩어져 와르르 무너지는 듯했다.

성혁은 순간적으로 모든 감각이 마비되어버렸다. 앞이 보이지 않았다. 소리가 들리지 않았다. 말도 하지 못했다. 냄새도 맡지 못했다. 감촉도 없었고 아픔도 느끼지 못했다. 그런데 허기만은 그대로 느끼고 있었다. 무언가를 배불리 먹고 싶었다. 구멍 뚫린 가슴을 무언가로 메우고 싶었다.

"에잇!"

손에 잡고 있던 빈 소주병을 힘껏 집어던졌다. 소주병은 교탁으로 날아가 부딪힌 뒤 시멘트 바닥으로 떨어져 박살이 났다.

"웩!"

구역질이 솟구쳤다. 싫었다. 자기 자신이 너무나도 싫었다. 그 상황에서 배가 고프다는 사실이 자신을 죽이고 싶도록 혐오스러웠다. 역겨웠다.

"우웨엑!"

교실 바닥에 입을 대고 마구 토해냈다. 입속으로 손가락을 집어넣어 똥물까지 다 쏟아버렸다. 배 속에 아무것도 들어 있게 하고 싶지 않았다.

간신히 허리를 폈다. 상체가 좌우로 흔들렸다. 한쪽 손으로 바닥을 짚었다. 우측으로 40도쯤 기울어진 자세로 모닥불을 보았다. 어지러이 춤추는 불꽃을 바라보면서 울다가 웃다가를 반복했다. 뺨을 타고 내리던 눈물이 길쭉하게 웃음 짓는 입속으로 흘러들었다. 아내와 아들과 셋이 저수지에서 캠프파이어를 하면서 나눴던 대화들이 재잘재잘 들려왔다. 그때의 그 웃음소리도 끊이지 않고 들려왔다. 별똥별을 찾아 소원을 빌던 일도 떠올랐다. 나란히 누운 아내와 아들의 숨소리, 체취까지도 고스란히 느껴졌다.

타다 남은 숯을 들었다. 교실 바닥에 아내의 얼굴을 그렸다. 손가락이 떨려 제대로 그려지지가 않았다. 얼굴 윤곽선이 삐뚤빼뚤한 게 운동장을 돌 때 생긴 일그러진 타원형 모양과 흡사했다. 아니 오히려 그보다 더 찌그러져 있었다. 눈도, 코도, 입도 도무지 아내 같지가 않았다. 몇 번을 지우고 다시 그려보았으나 마찬가지였다.

아내 얼굴 옆에 윤빈이의 얼굴도 그렸다. 손아귀에 힘을 주고 정성을 들였다. 그렇지만 마음대로 되지 않았다. 여러 차례나 다시 고쳐 그려보아도 윤빈이의 얼굴이 아니었다. 그러나 두 얼굴은 비

숫했다. 아무 표정도 없이 딱딱하게 굳어 있는 모습이 그랬다. 그
림 밑에 아내와 아들 이름을 썼다. 여섯 글자를 또박또박 썼다. 그
러자 아내가 살며시 웃었다. 아들도 따라 웃었다. 눈꼬리는 아래로
처지고 입꼬리는 위로 살짝 들려 순박하게 미소를 짓는 아내와 윤
빈이는 웃는 모습이 많이 닮았었다.

더욱더 아내 생각이 났다. 아들도 보고 싶었다. 보고 싶어 미칠
것 같았다. 벌떡 일어나 창가로 달려갔다. 눈을 크게 뜨고 밖을 살
폈다. 교문 밖 계곡 길을 살피고 또 살폈다. 혹시 경운기가 지나가
지 않나? 혹시 트럭이라도 한 대 지나가지 않나? 두 눈에 힘을 주
고 뚫어져라 살펴보았다. 하지만 없었다. 경운기는커녕 자전거 한
대 보이지 않았다. 실망감으로 고개를 떨구었다.

그때였다. 창문 밑으로 무언가가 빠르게 지나갔다. 길쭉한 검은
물체였다. 검은 물체가 땅바닥에 닿을 듯한 낮은 자세로 바람같이
달려가는 걸 분명히 보았다.

"그, 그 녀석이야."

성혁은 대형 창문을 두 손으로 힘껏 밀쳤다. 그와 동시에 창문과
함께 밖으로 떨어져 굴렀다. 유리창이 산산이 조각나고 창틀이 토
막토막 부러졌다. 유리 파편에 찔렸는지 어깨와 옆구리가 시큰했
다. 하지만 성혁은 뾰족한 창틀 토막을 하나 집고서 용수철처럼 팅
겨 일어났다. 즉시 검은 물체가 달려간 쪽으로 고개를 돌렸다.

“서! 거기 서!”

검은 물체는 여전히 낮은 자세로 학교 별관동 창문 밑을 따라 달려가고 있었다.

“그놈이 틀림없어. 이태균이야.”

이빨을 바드득 갈고 이태균을 추격하기 시작했다.

“절대 놓쳐서는 안 돼! 꼭 잡아야 해!”

전력을 다해 뛰었다.

“거기 안 서?”

고래고래 소리를 지르며 이태균을 쫓았다.

그러자 달려가던 이태균이 뚝 멈춰 서는가 싶더니 천천히 뒤돌아봤다.

“으키키키키!”

이태균이 매섭게 쏘아보며 큰 소리로 웃었다. 입안에 날카로운 이빨이 가득했다.

“너, 이 새끼! 내가 가만 안 두겠어!”

잠시 주춤했던 성혁은 창틀 토막을 움켜잡고 이태균에게 달려들었다. 그러나 이태균은 방향을 슬쩍 틀어 교실 바닥 밑 환기구멍으로 들어가버렸다.

“잡아야 해! 잡아서 죽여야 해!”

성혁이도 자세를 낮추고 환기구멍으로 고개를 들이밀었다. 구멍이 작아 어깨가 걸렸다. 아무래도 안으로 들어가기에는 무리인 것 같았다. 하지만 포기하지 않았다. 몸을 최대한으로 움츠리고 어깨를 접다시피 해서 겨우겨우 안으로 들어갔다.

"이태균! 너 이 새끼 어딨어? 나와!"

교실 밑은 어두컴컴했다. 아무리 사방을 둘러보아도 이태균이 보이지 않았다.

"나와, 이 악마 새끼야."

창틀 토막으로 바닥을 두드리며 안으로 좀 더 기어갔다.

"으키키키키!"

안쪽 어둠 속에서 이태균의 음흉한 웃음소리가 들려왔다. 그 소리는 파상적으로 메아리치며 길게 여운을 남겼다.

성혁은 웃음소리가 들려온 쪽으로 방향을 바꾸고 다시 기었다. 가자미 자세로 바닥에 납죽 엎드려 조금씩 이동했다. 어둠에 익숙해지자 어느 정도 사물을 분별할 수가 있었다.

"너, 너, 꼼짝 마!"

저만큼 앞쪽에 이태균이 있었다. 시퍼런 눈빛을 번득이며 이쪽을 노려보고 있었다. 그런데 한 명이 아니었다. 여기저기에 이태균이 있었다. 두 명, 세 명, 네 명, 이태균이 자꾸 늘어났다. 사방에서 이태균이 살기 띤 눈빛을 뿜으면서 괴기스런 웃음소리를 내뱉었다. 소름이 돋았다.

"이이이……."

성혁은 가장 가까이에 있는 이태균에게 빠르게 다가갔다. 이태균은 움직이지 않았다. 뾰족한 이빨을 드러내놓고 비웃는 얼굴로 성혁이 다가오기를 기다렸다.

"에잇!"

바짝 다가간 성혁은 지체 없이 이태균을 찔렀다. 온 힘을 다해 창틀 토막을 이태균의 배에 깊숙이 꽂았다.

"으잉?"

하지만 어찌 된 일인지 이태균이 아니었다. 헌옷 뭉치였다. 이태균은 다른 곳에 흩어져서 여전히 비웃음을 날리고 있었다.

"거기 서! 이번에는 꼭……."

다시 빠르게 기어가 이태균을 찔렀다. 그러나 이번에도 이태균이 아니었다. 다 닳아빠진 몽당빗자루였다. 또다시 이태균을 쫓았다. 교실 밑바닥을 지그재그로 기어 다니면서 부지런히 뒤쫓았다.

"에잇! 나쁜 놈!"

이번에도 아니었다. 터진 축구공이었다.

"저놈이 저리로 도망을?"

저 멀리 이태균이 환기구멍으로 빠져나가는 게 보였다. 아까 들어왔던 환기구멍과는 대각선을 이루는 곳으로 별관동 끝 부분이었다.

"이태균! 너, 거기 안 서?"

목이 터져라 소리치며 그리로 기어갔다. 절대 놓쳐서는 안 되었다. 다급했다. 양쪽 팔에 더욱 힘을 주고 두 발도 더 빠르게 움직였다. 비좁은 교실 밑바닥을 도마뱀보다도 날쌔게 움직여 반대편 환기구멍에 다다랐다.

"으으으으!"

휴지를 구기듯 몸을 구겨 간신히 빠져나왔다.

이태균이 벌겋게 죽어 마른 사철나무 울타리 밑구멍에서 빤히 바라보고 있었다. 고양이처럼 사악한 눈빛이었다.

"이 악마 같은 새끼!"

이태균에게 달려가며 창틀 토막을 집어던졌다. 그러나 이태균은 사철나무 울타리를 빠져나가 학교 뒤쪽 버려진 농가로 들어갔다. 강풍처럼 빠른 속도였다. 곧장 뒤따라 들어가 폐농가를 샅샅이 뒤졌다.

없었다. 폐농가 구석구석을 아무리 뒤져봐도 이태균은 보이지 않았다.

"이 교활한 녀석, 어디 숨었어? 나와!"

그 옆 폐농가, 또 그 옆 폐농가에서도 이태균의 흔적을 발견하지 못했다. 움직이지 않고 한자리에 가만히 서서 귀를 기울여도 보았다. 끝내 이태균의 발자국 소리는 들리지 않았다.

“녀석이 학교에 다시 나타날 거야. 학교에서 멀리 갈 놈이 아니야.”

두어 농가를 더 살펴본 다음 성혁은 기진맥진한 몸을 이끌고 학교 별관동 교실로 돌아왔다.

모닥불 옆에 쓰러지듯 주저앉았다. 코펠에 남아 있는 물을 벌컥 벌컥 들이켠 뒤 숨을 골랐다. 책걸상은 반 넘게 타 모닥불 불꽃이 많이 줄어 있었다. 교실 바닥에 그림이 눈에 띄었다. 아까 자신이 타다 만 숯으로 그린 것이었다. 아들 윤빈이를 살폈다. 맑게 웃고 있었다. 어린아이의 웃음이었다. 아내는 무려 열네 시간이나 극심한 진통을 겪은 끝에 윤빈이를 낳았다. 밤새 병원 복도를 서성이던 성혁은 간호사가 들어가보라는 말을 하기도 전에 후다닥 분만실로 뛰어들어갔다. 그 엄청난 고통을 겪었으면서도 아내는 갓 태어난 윤빈이를 안고 밝게 웃고 있었다.

“2대 독자가 태어났다고 아버지, 어머니가 얼마나 좋아하셨는데. 백일잔치, 돌잔치 때는 친인척들이 구름같이 몰려와 하루 종일 축하를 해주고 그랬는데……, 우리 윤빈이가 그랬는데…….”

눈물이 고였다. 눈물 속에 윤빈이 장례식 날 광경이 영화처럼 펼쳐졌다.

9장 · 방범등

"어쭈구리! 뭐? 7만 원? 이 씹탱이가 아주 뒈질려구 스텝 밟네."

"미안해! 이거밖에 못 구했어. 3만 원은 내일까지 구해볼게."

"내일? 확실해?"

"그게 저……. 구, 구해보도록 할게."

이태균의 다그침에 민서홍이 더듬더듬 대답했다.

"내일이면 3만 원이 아니라, 이자가 붙어서 5만 원 가지고 와야 돼! 하루에 2만 원씩 붙으니까. 알았어?"

"5만 원? 요즘 우리 가게 장사가 안 돼서 종업원도 줄이고 내 용돈도 줄였어!"

"그건 내가 알 바 아니고. 어떡해서든 구해 와! 도둑질을 하든, 강도질을 하든, 무슨 짓을 해서라도 구해 오란 말야, 이 븅신아!"

"그, 그래도 5만 원은 좀……."

"뭐가 좀이야? 하루 봐주는 것도 고맙지. 대부업체에서는 몇백 퍼센트 이자를 뜯어먹는다잖아, 새꺄! 걔네들은 단 하루도 봐주지 않는다고. 내일 안 가져오면 손가락 두 개 자를 테니까 알아서 해! 너, 저번에 신체 포기 각서 썼잖아?"

이태균이 주머니에 손을 넣어 잭나이프를 만지작거렸다. 민서홍은 아무 대답 없이 고개를 끄덕거렸다. 하지만 그의 얼굴은 돈을 더 구해 올 자신이 없다는 표정이 역력했다.

"아무튼 오늘은 3만 원 부족하니까 30대 맞아. 똑바로 서!"

"3, 30대?"

"그래, 쉐끼야! 우리가 그냥 넘어갈 줄 알았어?"

"우리는 계산 하나는 확실하게 한다, 이 씨댕아! 어서 대!"

이태균은 자기가 직접 열 대를 때렸다. 그리고 나머지 스무 대는 똘마니들을 시켜 때리게 했다. 배와 가슴에 서른 대나 주먹질을 당한 민서홍은 허리를 굽히고 배를 움켜쥔 자세로 자기 자리로 돌아갔다. 어금니를 힘껏 악문 채였다.

점심시간이었다.

"야! 너하고 너. 빨리 식당에 가서 우리 밥 미리 타다 식탁에 차려놔!"

반 아이 두 명에게 그렇게 명령을 한 뒤 이태균과 그의 똘마니들은 천천히 식당으로 향했다.

"야! 어디야? 우리 밥 어디다 차려놨어!"

"저기 저쪽!"

"이런 씨댕이! 저기는 너무 출입문 쪽이잖아?"

"앞으로는 저 기둥 옆, 출입문에서 잘 안 보이는 데다 차려놔! 알았어, 쉐끼야?"

식탁에 앉자마자 그들은 다른 아이들이 미리 차려놓아 준 점심밥을 먹으면서 소란을 피웠다.

"저 새끼, 맛대가리 없는 김치는 왜 이렇게 많이 담았어? 고기볶음은 조금밖에 안 담고."

"나는 국에 건더기가 하나도 없네? 저놈들 저거 일부러 이런 거 아냐? 이따 손 좀 봐줄까, 태균아?"

"불러서 다시 가져오라고 해!"

"야! 야! 너희 둘, 이리 와! 빨리!"

이쑤시개가 큰 소리로 두 아이를 불렀다. 두 아이가 밥을 먹다 말고 얼른 뛰어왔다.

"이거, 이거, 다시 가지고 와! 이번에 제대로 안 가지고 오면 아구창 돌아간다. 알았어?"

두 아이가 다시 점심밥을 타다 준 다음에야 이태균이 수저를 들었다. 그러나 금방 수저를 놓았다.

"아! 음식 맛 존나 없네! 학교 밥은 영 입에 맞지 않아."

"그렇지? 나도 이거 많이 못 먹겠다."

"우리 밖에 나가서 사먹을까?"

"이제서 언제 나갔다 오냐? 저녁때나 잘 먹자고."

이태균이 일어나자 똘마니들도 우르르 따라 일어났다.

"우리 식판 알아서 치워!"

삼각김밥이 두 아이에게 지시를 한 뒤 이태균을 따라 식당 밖으로 나갔다.

"뒷담 쪽에 가서 야리나 한 대씩 끄시르자."

"야리 남았냐, 째리야?"

"말보로는 다 피웠고 아침에 켄트 한 갑 사 왔어."

"나한테 던힐 있어."

"그럼 던힐 하나 줘. 던힐이 맛이 좀 낫지!"

담배를 한 개비씩 꼬나문 그들은 학교 뒷마당을 지나 구석진 담 밑에 가서 섰다. 커다란 느티나무 뒤였다.

"야, 근데 6반 대갈통 쉬끼 학교 때려치웠대! 그저께 자퇴했대."

"대갈통이라면 그 머리 큰…… 그놈, 우리한테 상납하는 놈 아냐?"

"맞아! 저번에 우리한테 한 번 열나게 맞고 나서는 꼬박꼬박 잘 바쳤었어!"

"근데 왜 갑자기 자퇴를 해?"

이태균이 담배를 피우다 말고 왕째리에게 물었다.

"자세히는 모르고. 그 반 담임하고 교감이 갑자기 웬 자퇴냐고 말렸는데, 그 새끼 아버지가 교무실에서 학교 다 필요 없다고 방방 뛴 다음에 그대로 자퇴시켰대."

"그 아버지란 놈도 졸라 웃기는 새끼네! 아무 이유 없이 자퇴 시켜? 대갈통 그놈, 공부 꽤 하는 놈이었잖아? 그놈이 또 지 담탱한 테 우리 얘기 다 꼰지른 거 아냐?"

"그런 거 같지는 않아. 근데 그 반 소문에는 우리한테 돈 뜯기고 매 맞는 게 싫다면서 때려치웠대. 학원 다니면서 검정고시 본다고 했대! 매 맞고 돈 뺏기며 학교 다니는 것보다 그게 훨씬 낫다면서."

"그 새끼가 우릴 뒤땅깠다는 말이야? 그게 뒈질려고. 아, 나 이 거 해골이 빡도네! 그 대갈통 어느 학원 다니는지 알아봐. 아구창 이 걸레가 되도록 개아작 내주게. 그리고 상납할 다른 놈 그 반에 서 찾아!"

담배를 한 모금 깊게 빨아들인 이태균이 연기를 허공에 길게 뿜 었다.

그 순간 학교 뒷마당에 1학년생 예닐곱 명이 나타났다. 그들은 둥그렇게 둘러서서 공차기 놀이를 시작했다. 직경 6미터 정도의 원을 이뤄 축구공을 자유롭게 차고 받았다. 남은 점심시간을 이용 해 운동을 하려는 의도 같았다. 거리가 좀 있었기에 이태균과 그의 똘마니들은 그들에게 신경을 쓰지 않았다. 공차기 놀이를 하는 1학년들도 이태균과 그 패거리가 느티나무 뒤 담장 밑에 있다는 걸 눈치채지 못했다. 잠시 후 몸이 풀린 그들은 원을 좀 더 넓혔다. 그리고 발에도 힘을 더 줘 공을 좀 더 세게 찼다. 원 안에서 공이 너더댓 차례 오갔다. 그러다 어느 한 아이가 찬 공을 그만 상대 아이가 놓치고 말았다. 상대 아이는 목발을 짚고 있는 장애 학생이었다.

장애 학생이 미안해하면서 목발 걸음으로 공을 쫓아갔다. 축구공은 느티나무 옆을 지나 담장에 부딪혀 반동이 되었다. 그러면서 공교롭게도 이태균의 다리를 슬쩍 건드렸다.

"이거 뭐야?"

이태균이 오른발로 축구공을 밟고 뒤돌아보았다. 그와 동시에 우거지상으로 소리를 질렀다.

"어느 놈이 감히 나한테 공을 찬 거야?"

"미안해! 내가 공을 놓쳤어!"

장애 학생이 이태균에게 다가가 머리를 숙였다. 이태균이 인상을 쓰며 장애 학생을 살폈다.

"어쭈구리! 이 새끼 목발잡이 아냐! 으키키키! 야, 븅신아! 니가 뭔 축구를 한다고 깝쭉대?"

"정말 꼴값하네, 이 빙신 쉐끼! 크크크!"

"요즘 하도 축구 축구 하니까 이제 쩔뚝 축구도 하나 보지? 프프프프!”

이태균의 똘마니들도 한마디씩 하며 장애 학생을 놀려댔다.

“미안해! 공 돌려줘!”

“어디 와서 뺏어봐, 붕신아! 얘들아, 빙 둘러서!”

“그래! 그래!”

이태균과 그의 똘마니 세 명이 장애 학생을 에워쌌다. 다른 1학년들이 다가왔으나 이태균 패거리임을 알고 멀찍이 물러나고 말았다.

“자, 뺏어봐, 붕신아! 어서!”

장애 학생이 머뭇머뭇하다가 공을 향해 달려들었다. 하지만 장애 학생의 불안정한 걸음으로는 공을 빼앗을 수가 없었다. 매번 헛걸음을 하며 힘겹게 오갈 뿐이었다. 이태균과 그의 똘마니들은 자기들끼리 공을 주고받으면서 매우 재미있어했다.

“좀 더 빨리 움직여야 공을 뺏지, 붕신아!”

“목발을 써도 좋으니까 목발로 뺏어봐, 씨댕아!”

장애 학생이 목발을 써서 공을 빼앗으려 시도했다. 그러나 마찬가지였다. 결국 공 근처에도 가지 못하고 기진맥진한 상태가 되고 말았다.

“그래가지고 뭔 축구를 한다고 깝쳐, 이 애자 쉐끼야!”

“집에 가서 목발이나 잘 닦아라, 씹탱아!”

이태균이 숨을 헐떡이며 서 있는 장애 학생의 목발 한쪽을 발로 툭 쳤다. 장애 학생이 힘없이 땅바닥으로 쓰러져 나뒹굴었다. 장애 학생의 교복이 금세 흙투성이가 되어버렸다.

"으키키키!"

"크크크크!"

"프프프프!"

"에헤헤헤!"

그 모양을 보고 이태균과 그의 똘마니들이 배꼽을 잡고 웃었다. 그러다가 이태균이 땅에 떨어진 목발을 주워 들었다. 곧 그는 목발을 짚고서 장애 학생의 걸음걸이 흉내를 내며 뒷마당을 크게 한 바퀴 돌았다. 그의 똘마니들이 박수를 쳐가며 그의 뒤를 따랐다.

이태균과 그 패거리는 6교시가 끝나자마자 학교를 빠져나왔다. 그리고 곧장 중앙로 고급 음식점으로 올라갔다. 식탁에 앉은 이태균이 학교에서 걷은 돈을 꺼내 액수부터 확인했다. 그런 다음 두 뭉치로 나눴다.

"자, 이것은 선배님들한테 상납할 돈이고, 이것은 우리가 쓸 돈이야."

"1년 선배, 2년 선배, 다 주는 거야?"

"아니! 1년 선배만. 2년 선배는 1년 선배가 또 주지! 그렇게 서로서로 도와가면서 사는 거래, 학배 형이! 그 형 곧 중앙로파 행동 대장이 될 거야. 그러면 BMW 차 한 대 나오고 밑으로 부하가 스무 명도 넘는단다. 짱 멋있지 않니? 그 형 별명이 칼맨인데, 칼 쓰는 법도 가르쳐줬어. 다음에 내가 너희도 인사시켜줄게."

"어! 그래! 그래! 꼭 인사시켜줘! 꼭이야, 태균아?"

왕째리가 애원하듯 달라붙었다. 삼각김밥과 이쑤시개도 마찬가지였다.

"걱정 마, 짜샤! 자, 오늘은 뭘 먹을까?"

"지난주엔 왕돈가스 먹었잖아?"

"이제 좀 고급스럽게 먹자. 비싼 걸로 시켜. 내가 한턱 쏠 테니."

이태균이 돈뭉치를 흔들어 보이며 으스댔다.

"그러면 나는 함박스텍 특대."

"나는 비프가스."

"난 모듬 스페셜로."

민서홍과 몇몇 다른 아이에게서 강제 상납을 받은 돈으로 이태균 일행은 저녁을 먹고, 담배를 사고, 게임을 했다. 그런 뒤 막대사탕을 하나씩 빨면서 어슬렁어슬렁 공지천으로 향했다. 맥주와 안주가 든 비닐 봉투를 들고서였다.

공지천 조각공원 벤치에 앉은 그들은 담배부터 한 대씩 피워 물었다.

"내가 그동안 좀 생각해봤는데, 우리 패밀리 이름 하나 지어야
겠다."

"우리 이름?"

"응! 빨리 생각해봐! 청개구리라고 중딩 때 쓰던 이름이 있긴 있
는데 그건 쪽팔려서 그래. 고딩이 됐으니까 크게 놀아야지."

이태균의 말에 그의 똘마니들이 곰곰이 생각하는 듯 고개를 갸
웃거렸다. 그러다 각기 한 가지씩 이름을 댔다.

"공지천파?"

"우정파?"

"의리파?"

"장난하지 말고 제대로 좀 지어봐! 이 돌빡들아!"

이태균이 피우던 담배를 손가락으로 튕겼다. 담배꽁초는 허공
으로 날아가 호수에 떨어졌다. 잔잔하던 호수 표면에 조그마한 동
심원이 생겨났다. 동심원은 점점 커지면서 멀리멀리 번져나갔다.

"효자파 어때?"

삼각김밥이 담배 연기를 내뿜고 나서 말했다.

"뭐? 효자파?"

"그래! 우리 학교가 효자동에 있으니까 효자파가 딱이지!"

"그럼 조은동에 있으면 조은파고, 장학동에 있으면 장학파냐?"

이쑤시개가 눈살을 찡그리며 핀잔을 주었다.

"뭔가 강하면서도 상대 새끼들 기를 팍팍 죽이는 그런 이름 없을까?"

"그런 거라면……."

이태균의 말에 잠시 생각하는 표정을 짓던 왕째리가 자기 의견을 죽 늘어놓았다.

"조폭 영화에 나왔던 쌍칼파? 사시미파? 티엔티파? 피범벅파? 노타치파? 뚝방파? 그게 아니면 에, 아작파?"

"아작파? 그래! 그게 좋겠다."

이태균이 벌떡 일어나 소리쳤다. 매우 만족해하는 표정이었다.

"어느 새끼든 우리한테 까불거나 대드는 놈은 묵사발, 완전 개 아작을 내준다? 그래서 아작파? 어때?"

"오우! 괜찮다. 짱이다, 정말!"

"그럼 아작파로 결정한다. 그리고 규칙도 정해야 돼. 우선 조직을 배반하면 야구방망이로 엉덩이 100대를 맞고, 손가락을 하나 자른다는 거, 그거 한 가지부터 정해놓고 나머지는 다음에 정한다. 명심해둬!"

"걱정 마! 우리는 절대 배반 안 해. 무슨 일이 벌어져도 태균이 너를 따르고 또 보호할 거야. 그게 바로 싸나이들의 의리 아니겠니? 그치, 삼각김밥, 이쑤시개?"

"그걸 말이라고 해? 당근이지!"

왕째리의 질문에 삼각김밥과 이쑤시개가 당연한 걸 왜 묻느냐며 눈을 흘겼다.

"좋아! 좋아! 자, 그럼 술 따라서 건배 한잔 하자."

이태균과 그 패거리들은 맥주를 따라 건배를 외쳐가면서 연거푸 세 잔씩이나 마셨다.

"다른 애들한테도 우리 패밀리 이름 아작파로 정했다고 전해! 영어로는 AZ파! 우리가 지금 전체 열네 명이지?"

"기집년들 빼면 아홉 명이지!"

"앞으로 1년 내에 30명 채워야 돼. 그러니까 깡 있고 주먹 쎈 놈 있으면 잘 봐뒀다가 나한테 말해. 혹시 우리한테 안 끼겠다고 하면 돼지도록 밟아버리고. 다른 학교 놈들도 상관없으니까 잘 살펴봐."

"원강고하고 수성고에 쓸 만한 놈 있는데, 내가 다시 말해볼게."

왕째리가 오징어다리를 질겅질겅 씹으면서 뒷말을 이었다.

"아 참! 4반에 어떤 새끼가 우리 패에 끼고 싶다고 했어. 끼워주면 한턱 크게 낸대. 중딩 때 자기 학교 일진들한테 후꾸 졸라 맞고 돈도 졸라 뜯겼대. 그래서 자기도 일진에 들어와 복수하고 싶대. 어떡할까, 태균아?"

삼각김밥이 이태균의 의사를 물었다.

"그래? 그럼 한번 보자. 쓸 만한 놈인지 아닌지. 어떻든 우리 패밀리가 많아지면 많아질수록 우린 그만큼 쎄지는 거지. 너희, 미국

깡단 영화 봤지? 수십 명씩 기관총 들고 다니면서, 투투투투! 와! 정말 뽀다구 있잖아?”

“일본 야쿠자는 어떻고? 90도로 딱딱 인사하고, 온몸에 전신 문신 하고, 이따만 한 일본도 마구 휘두르고. 그거 완전 예술이잖아?”

“나도 문신 하나 할 거야! 흑룡 네 마리가 해골을 하나씩 물고 이렇게 내 몸 전체를 감고 있는 거. 전에 어떤 조폭 영화에서 봤는데, 그거 보고 나, 완전 뿅 갔다.”

이태균이 어깨를 흔들면서 자신의 가슴과 등을 가리켰다. 이쑤시개가 토를 달았다.

“야, 근데 그거, 돈이 만만찮게 든다더라.”

“얼마나?”

“최고 기술자한테 하려면 적게 잡아 천만 원은 는대.”

“천만 원? 그럼 한 3개월 계획 잡고 부지런히 뜯어 모아야겠다. 여자애들 잘 이용해서 호로 늙탱이들 꼬시게 한 다음 뒤통수도 좀 쳐보고. 학배 형이 그러는데, 걸렸다 하면 백이면 백 다 넘어간다더라. 달라는 대로 돈 다 준대.”

산책을 나온 시민들은 전혀 아랑곳 않고, 그들은 연신 술잔을 기울이고 담배를 피워댔다. 그러다 간혹 기괴한 웃음소리를 한꺼번에 내뱉기도 했다.

“아! 사실 나, 돈 급하게 필요한데.”

"너는 왜, 째리야?"

"응! 저, 수예 그게 임, 임신했대. 그래서……."

"난 또 뭐라고. 지가 알아서 낳고 화장실에 버리라고 해! 씨댕아!"

그렇게 말하고 나서 삼각김밥이 왕째리의 뒤통수를 한 대 때렸다. 이태균이 끼어들었다.

"아니야. 저기 우두동에 가면 엔젤산부인과라고 있는데, 거기 가면 아무것도 묻지 않고 깔끔하게 처리해줘. 작년에 내가 금선이 델구 가봤잖냐. 거기 늙은 간호사 년이 병원 입구까지 따라 나와서 또 오시라고 인사까정 꾸벅 하더라. 크크크크!"

"얼마냐? 50만 원?"

"50만 원은 무슨? 처음에 20만 원 부르는데, 돈 없다고 발랑 까지면 5만 원 깎아줘. 째리 너, 15만 원은 있지?"

"저번에 삥 뜯은 거 다 쓰고 지금은 없어. 엄마한테 학원비 탄 것도 다 써버리고. 한탕 얼른 해야 돼."

"15만 원은 내가 대줄 테니까 걱정 마. 아 참! 니네 그년 알지?"

이태균이 맥주잔을 비우려다 말고 물었다. 똘마니들의 시선이 이태균에게 집중되었다.

"누구?"

"소양여중 다니는 애 말야. 저번에 내가 시립도서관 앞길에서 말 걸었을 때 대답도 안 하고 그냥 지나간 그 건방진 년 말야. 그렇게 나를 생까고 꼽준 년을 내가 가만두면 이태균이 아니지.”

“아, 그래! 생각난다. 걔 쌔끈했어! 얼굴도 완전 짱급이었고.”

“오늘은 그년 잡아다가 야동 작품 하나 멋지게 찍자. 우리 아작파 결성 기념으로.”

“그거, 짱 굿이지!”

삼각김밥이 엄지손가락을 추켜세웠다. 왕째리와 이쑤시개도 따라 하며 찬성을 표시했다.

“근데 그 애가 순순히 따라올까?”

“이게 있는데, 지년이 안 따라오고 배겨?”

이태균이 주머니에서 잭나이프를 꺼내 보였다. 그러고는 조폭 영화에서 본 잔인한 폭력 장면을 하나하나 열거하면서 그 장면을 그대로 흉내 내보기도 했다.

“그년 저번에 보니까 남친 놈 있는 것 같던데? 교복을 봤더니 수성고 2학년짜리였어.”

“있으면 그놈도 끌고 오지 뭐! 옆에서 지켜보게 하는 것도 아주 재밌어! 예전 중2 때 퇴계공원 충혼탑에서 해본 경험 있어.”

“오케이! 가자! 고고씽!”

그들은 벌떡 일어나 시립도서관으로 향했다.

“완, 투, 뜨리, 요 철리 말리 길~ 조까라 마이싱~ 하!”

예의 그 욕설 노래를 합창하면서 건들건들 몰려갔다.

두 시간 뒤 이태균 일당은 삼천동 빈 상가 건물을 나섰다. 건물에서는 어느 여학생의 울음소리가 나지막이 들려오고 있었다. 하지만 그들은 아무 일도 없었다는 듯 어두운 골목길을 따라 어슬렁어슬렁 걸어갔다.

"아까 찍은 작품이 제일 잘된 거 같아! 완전 아카데미상 감이야."

"야, 근데 나는 왜 맨날 4빠야? 내가 뭐 설거지 맨이냐? 다음엔 나도 2빠나 3빠로 좀 하자. 응?"

삼각김밥이 불만을 토로했다. 이태균이 그의 어깨를 툭툭 치며 격려의 말을 건넸다.

"알았어, 새꺄! 다음엔 삼각김밥 네가 2빠로 해! 이쑤시개가 4빠하고. 참! 걔 이름하고 주소, 전화번호 다 저장해뒀지?"

"응! 태균이 네가 시킨 대로 다 해놨어. 만약에 경찰에 어쩌구저쩌구했다가는 가족들까지 가만 안 두고, 오늘 촬영한 이 동영상도 인터넷에 그대로 올릴 거라고 잔뜩 겁을 줘놨으니까 뒤탈은 없을 거야."

"그럼 가자! 내가 오늘 이 칼 쓰는 법을 알려줄 테니."

"그거 좋지!"

이태균이 주머니에서 잭나이프를 꺼내 들었다.

"이 칼은 말이야, 이렇게 잽싸게 한 번만……."

"한 번만?"

"그래! 깔끔하고 신속하게 한 번만에 처리해야 1급 기술자로 알아준대. 〈친구〉 영화에서처럼 여기저기 지저분하게 마구 그러는 건 완전 초짜들이나 하는 거란다."

이태균은 잭나이프를 펼쳐 몇 번 찌르는 시늉을 해 보였다. 똘마니들도 그의 자세를 보고 서너 번씩 따라 했다.

"야! 다음엔 우리 그 집 한 번 쳐들어가자!"

"누구? 찍어둔 애 또 있어?"

"불량메주 말야. 그게 수업 시간마다 날 기분 나쁘게 쳐다보면서 인상을 쓰잖아. 숙제 누가 대신 해준 거 아니냐고 의심도 하고. 생각할수록 존나 열 받어! 크악! 퉤―!"

이태균이 방범등 전봇대에 가래침을 힘껏 내뱉었다. 그런 다음 또 칼을 쥔 팔을 내뻗어 찌르는 연습을 계속했다.

"어디에 사는지 미행해서 집을 알아둬! 쳐들어가서 아작 한 번 내야 돼. 그래야 날 무시하지 않지. 지가 선생이면 다야? 쌍!"

한참이나 상스런 욕설을 퍼붓던 이태균이 걸음을 멈췄다. 그러고는 이빨을 갈며 목소리를 높였다.

"그 불량메주 년을 손본 다음에 진짜 개아작에, 개뽀작을 내줄 새끼가 한 놈 있어!"

"그게 어떤 새끼야? 어떤 새낀데 그렇게 이빨을 빡빡 갈아?"

"중2 때 내가 삥 좀 뜯었다고 자살한 새끼 아버진데, 글쎄 그 빌

빌이 새끼가 감히 나를……. 아, 이거 쪽팔려서 누구한테 말도 못 하고……! 암튼 내가 그 새끼 절대 가만두지 않을 거야."

밤안개가 몰려들어 방범등 불빛이 점점 흐려지고 있었다. 그 흐 릿한 방범등 불빛에도 이태균이 휘두르는 잭나이프는 들고양이 눈처럼 연속해서 번득거렸다.

10장 · 철제 교문

윤빈이 장례식 전날, 윤빈이의 1학년 때 담임이었던 이 선생과 남녀 학생 네 명이 병원 빈소로 찾아왔다. 밤 여덟 시가 넘은 시간이었다. 아내는 학교 선생이라는 말에 거부감을 나타냈다. 시종일관 고개를 돌린 채 대면조차 하지 않았다. 친인척들도 이 선생에게 눈을 흘겼다. 어떤 이유로든 지기가 맡은 학생을 보호하지 못하는 선생은 선생이 아니라는 눈빛이었다. 그러나 성혁은 이 선생은 여느 선생들과 다르다는 걸 알고 있었다. 윤빈이 중학교 입학식 날 학교에서 대화를 나눈 적이 있어서였다.

"죄송합니다. 이런 일이 일어나다니⋯⋯. 뭐라 드릴 말씀이 없습니다."

머리카락이 희끗희끗한 이 선생은 교감은 족히 됐을 나이였다.

하지만 평교사였다. 그는 몇 번이나 고개를 조아리며 마치 자기가 잘못한 것처럼 죄송하다는 말을 반복했다. 눈물까지 글썽였다. 같이 온 아이 네 명도 내내 윤빈이의 죽음을 슬퍼했다.

"선생님, 이렇게 와주셔서 감사합니다. 저는 아무도 안 올 줄 알았습니다. 작년에 윤빈이 입학식 날 뵙고 처음 뵙는 거지요? 제가 그동안 먹고사느라고 바빠서 학교도 못 찾아가고……."

"제가 늦게 왔습니다. 죄송합니다. 저번 2월에 발령을 받아 3월부터 정선에 있는 벽지중학교에 근무하고 있습니다."

"그러면 정선에서 오신 거예요?"

"예!"

그래서 그런지 이 선생은 다소 피곤해 보이는 얼굴이었다. 정선까지 또 돌아가려면 밤 열두 시가 넘어서야 도착할 것이었다.

"이 학생들은?"

"이쪽 남학생 둘은 1학년 때 윤빈이와 한반이었습니다. 이 여학생 둘은 여자 반이었고요. 애들이 오늘 낮에 저한테 전화를 해줘서 알게 되었습니다."

"너희들 와줘서 고맙다. 그래, 우리 윤빈이랑 친했어?"

"예! 친하게 지냈었는데 2학년 때 반이 갈렸어요."

친하게 지냈다는데 전혀 모르는 얼굴이었다. 그동안 아들 친구를 단 한 명도 모르고 있었던 자기 자신을 원망하며 성혁은 윤빈이의 영정 사진을 슬쩍 바라보았다. 학교생활은 어떻고, 친구들은 누구누구고, 한 번도 물어보지 않은 게 몹시 후회가 되었다. 장사하느라 바쁘다는 핑계로 그저 잘하고 있으려니, 잘 지내고 있겠거니 여기고 말았었다.

"선생님, 우리 윤빈이가 1학년 때 학교생활이 어땠나요? 되돌아보니까 아는 게 하나도 없네요. 전반적으로 말씀 좀 해주세요."

"윤빈이는 온순하고 조용한 아이였습니다. 친구들은 4, 5명 정도 되었고요. 성적은 12, 13등으로 상위권이었는데 조금씩 향상되고 있었지요. 장래 희망이 교사라고 하기에 제가 눈여겨보았었습니다."

"네, 맞아요. 우리 윤빈이는 초등학교 선생님이 되는 게 꿈이었죠."

"윤빈이는 과학에 관심이 있어서 특별활동으로는 과학반에 들었습니다. 이 애들도 과학반 애들이었고요."

"아, 그래서 이 여학생들도 알게 된 거군요."

"예! 그런가 봅니다."

성혁은 윤빈이의 학교생활을 떠올리며 여학생들에게 물었다. 목이 메었다.

"과학반에서는 우리 윤빈이 어땠어?"

"열심히 했어요. 실험에 한 번도 빠지지 않고 질문도 잘하고."

"윤빈이는 특히 차를 좋아해서 차에 대한 질문을 많이 했어요."

“맞아! 맞아! 우리 윤빈이는 차를 좋아했어!”

그 말을 하는 순간 성혁의 눈에서는 눈물이 주르륵 흘렀다. 언젠가 아들과 나눴던 차에 관한 대화가 떠올랐기 때문이었다.

“학교란 어머니의 자궁 같은 곳이어야 하는데……. 다시 한 번 사죄드립니다. 그리고 저, 윤빈이 아버님! 이거, 저하고 이 아이들이 조금씩……. 너무 약소해서 죄송스럽습니다.”

이 선생은 부조금 봉투를 머뭇머뭇 건네준 뒤 아이들과 일어섰다. 성혁은 병원 입구까지 따라 나가 그들을 배웅했다. 특히 학생 네 명의 손을 일일이 잡아주며 고맙다는 말을 거듭했다. 그 아이들이 윤빈이 책상 위에 하얀 국화꽃을 놓아두었다는 사실을 알고는 가슴이 뭉클해지면서 또 눈물이 흘렀다.

“와줘서 고마워! 그리고 우리 윤빈이 잊지 말아줘!”

“예! 잊지 않을 거예요.”

“내일 장례식에도 와줄 거지?”

“네! 조퇴하고 꼭 올게요.”

성혁은 병원 입구에서 학생들과 부둥켜안고 한바탕 통곡을 하고 말았다.

빈소로 돌아가니 아내는 윤빈이의 영정 사진을 쓰다듬으면서 눈물짓고 있었다.

“여보, 아까 그 이 선생님 몰라?”

“……!”

“윤빈이 1학년 때 담임이셨잖아? 입학식 날 잠깐 얘기도 나누고 그랬잖아?”

“……!”

아내는 대답이 없었다. 기억이 나지 않는 모양이었다. 아니면 그 학교 교감으로 착각을 하는 것인지도 몰랐다. 성혁은 더 이상 묻지 않았다. 아내처럼 윤빈이 영정 사진에 시선을 두고 묵묵히 있었다. 북받치는 슬픔을 가까스로 억누르며 다 타버린 향을 새로 꽂곤 했다. 향불 연기와 함께 가족사진을 찍던 일이 꼬불꼬불 피어올랐다.

3월 2일, 윤빈이의 중학교 입학을 축하하기 위해 가족이 모두 시내로 나갔었다.

“아빠, 가족사진부터 찍을 거야? 닭갈비부터 먹을 거야? 아니면 내 휴대폰부터 사줄 거야?”

“가족사진부터 찍어야지!”

“그러면 중앙로에 있는 지하상가로 가야 돼. 거기 가면 스티커 사진 찍는 데 많아, 엄마!”

윤빈이가 이끄는 대로 지하상가로 들어갔다. 지하상가는 만남의 광장 분수대를 중심으로 모두 세 갈래 길로 이루어져 있었다. 만남의 광장 좌측 도청 쪽으로 이어지는 길을 택했다. 그 길 양쪽에 늘어선 스티커 사진관들 중 한 곳을 골랐다.

“어디 좀 봐. 엄마가 교복 좀 봐줄게.”

아내는 대견하다는 표정으로 중학생 교복을 입은 윤빈이를 살펴보았다. 그러면서 머리를 만져주고 넥타이를 바로잡아주었다.

“엄마 아빠가 의자에 나란히 앉아. 나는 뒤에 설게. 그래야 사진이 잘 나와.”

“그래, 그렇게 하자.”

사진사가 자세와 표정을 교정해주고 나서 연거푸 두 번이나 찍었다. 모두 다 밝게 웃는 표정이었고 마음에 들었다.

“우리 이 애는 반명함 사진도 한 판 찍어주세요. 학교에 내고 학생증에도 붙일 거래요.”

혼자 반명함 사진을 찍고 나서 윤빈이가 졸랐다.

“아빠, 우리 스티커 사진도 한 장 찍자.”

“스티커 사진?”

“응! 여기 이 가발 쓰고서 웃기게.”

윤빈이가 벽에 걸려 있는 가지각색의 가발을 가리켰다.

“그런 가발을 쓰고 어떻게 찍니? 창피하게.”

“뭐가 창피해, 엄마? 얼마나 재미있는데?”

“그래! 이왕 온 거 찍어보자, 까짓 거!”

성혁은 흑갈색 가발을 집어 들었다. 거울을 보며 가발을 머리에 뒤집어썼다. 그리고 윤빈이는 분홍색 가발을, 뒤로 빼던 아내도 결국은 금색 가발을 골라잡았다. 촬영기 투입구에 지폐를 넣고 버튼을 눌렀다.

"여러 방 찍히니까 각도를 조금씩 바꿔야 해! 엄마, 아빠!"

"이렇게?"

"응! 빨리! 나랑 자리 바꿔! 얼굴 모으고."

곧 스티커 사진이 인쇄되어 나왔다.

"우허허허!"

"하하하하!"

"아하하하!"

이국 여인 같아 어색한 면이 없지 않으나 그런대로 괜찮은 금발의 아내, 분홍색 가발이 얼굴을 거의 다 가려버린 윤빈이의 우스꽝스런 표정, 흑갈색 곱슬 가발을 머리에 삐뚜름하게 뒤집어쓴 채 양쪽 입꼬리를 한껏 치켜 올린 성혁 자신. 꼭 어설픈 연극배우처럼 찍혀 나온 사진을 돌려 보며 배꼽을 잡고 웃었다.

새 휴대폰을 입학 선물로 받은 윤빈이는 닭갈비를 배 터지게 먹고 나서 노래방에 가자고 또 졸라댔다.

"엄마, 노래방에도 한 번 가자. 우리 가족끼리 간 적 여태 없었잖아?"

"나는 노래 못해."

"못해도 괜찮아. 자막 나오는 대로 따라 하면 돼!"

노래를 못한다는 아내는 막상 마이크를 잡자 연속해서 세 곡이나 불러댔다. 윤빈이가 중학생이 되어 기분이 몹시 좋은 모양이었다.

"와우! 울 엄마 짱이다, 가수 해도 되겠다."

"당신 웬일이야? 한 노래 하는데, 응?"

성혁은 아들과 함께 탬버린을 흔들며 분위기를 띄워주기에 바빴다. 즐겁고 행복했던 순간이었다.

"그런데 그날 찍은 사진이 윤빈이의 영정 사진이 되고 말다니. 휴우―!"

성혁은 향불 연기 너머로 보이는 윤빈이의 영정 사진에서 눈을 뗐다. 그리고 고개를 숙였다. 땅이 꺼질 듯한 한숨이 향불 연기보다 길게 새어 나왔다. 아내는 윤빈이의 초라한 제단에 이마를 대고 여전히 흐느끼고 있었다.

윤빈이 장례식 당일, 학교 측에서는 아무도 오지 않았다. 그 흔한 조화 한 송이 보내주지 않았다. 꽃을 보내기는커녕 전날 윤빈이 책상 위에 놓여졌던 흰색 국화꽃을 치워버리고 말았다. 국화꽃을 보고 다른 아이들이 동요를 할 수도 있다며 교감이 지시한 것이었다. 국화꽃뿐만이 아니었다. 교감은 아예 윤빈이의 책상과 의자마저 빼내버렸다. 그리고 혹 누군가가 윤빈이 장례식에 참석할까 두려워 철 교문을 굳게 닫아걸고 외출을 일절 허락하지 않았다. 윤빈이 친구들이 다시 와주기를 기대했던 성혁의 바람은 물거품이 되고 말았다.

윤빈이의 시신은 배웅하는 친구 한 명 없이 쓸쓸하게 화장장으로 향했다. 아내는 차마 화장 과정을 지켜보지 못하고 화장장 밖 화강암 계단에 앉아 있었다. 눈물을 너무 많이 흘려 두 눈이 벌겋게 충혈되고 눈두덩이 퉁퉁 부은 상태였다. 하도 많이 울어서 목소리가 꺼억! 꺼억! 거위 울음소리 같았다. 그동안 식음을 전폐하다시피 해 아내는 이미 두 눈이 쑥 들어가고 양쪽 볼이 푹 파여 뼈만 남아 있었다. 해골이나 다름없었다.

아내는 윤빈이의 유골이 수습되기 전 친척 차를 타고 먼저 장지로 향했다. 화장이 끝나고 성혁에게 전해진 것은 조그마한 나무 상자였다. 무게도 가벼워 겨우 여름옷 한 벌이 든 것 같았다. 만 14년 5개월을 살았던 내 아들 윤빈이가 이렇게 한 줌의 잿가루가 되어 버리다니. 믿을 수가 없었다. 믿고 싶지가 않았다. 세상이 텅텅 비어 아무것도 없는 광활한 사막 같았다. 너무도 허전하고 허무해 눈물조차 나오지 않았다.

"성혁아!"

친구 현묵이가 다가와 어깨를 토닥여주었다. 그제야 성혁은 걸음을 떼어놓았다.

윤빈이의 유골 상자를 가슴에 안고 현묵이의 차를 타고 장지로 향하면서도 성혁은 아무 말도 하지 않았다. 허깨비처럼 가벼운 윤빈이의 유골 상자만을 반복해서 쓰다듬었다. 현묵이 역시 침울한 표정으로 운전만 할 뿐 입을 굳게 다문 채였다. 뒷좌석에 앉은 성혁의 큰누나와 작은누나만이 연신 훌쩍거리며 옷소매로 눈물을 훔쳐냈다.

정오 무렵에 장지에 도착했다. 아내와 친인척 몇 명이 윤빈이를 기다리고 있었다. 그들은 저수지 둑에 죽 늘어서서 윤빈이를 맞았다. 하지만 아내는 윤빈이를 외면했다. 고개를 돌리고 먼 산을 바라보며 망연자실 서 있었다.

"자, 저리로."

저수지 물가에는 쪽배가 대기 중이었다. 널빤지를 대충 붙여 만든 것으로 1인용이었다. 성혁이가 윤빈이를 안고 올라서자 쪽배는 밑으로 한 뼘이나 가라앉았다.

"균형을 잡아야 하니까, 조심조심 저 앞쪽으로 가 앉아요."

얼굴에 잔주름이 가득한 늙은 배 주인이 앉을 자리를 가리켰다. 곧 쪽배는 저수지에 깔린 푸른 하늘 위를 천천히 미끄러졌다.

"삐굿! 삐굿!"

산새 울음소리 같은 노 젓는 소리가 고요한 저수지 위로 퍼져나갔다.

"얘기 들었어요. 에이구! 어린 나이에 어찌 그런……. 쯧! 쯧!"

배 주인은 뒷말을 다 잇지 못하고 혀를 끌끌 찼다.

아내가 이상 증세를 나타낸 것은 윤빈이의 유골을 저수지에 뿌리기 시작할 때였다. 조각배를 타고 저수지 가운데로 가 윤빈이의 유골 한 움큼을 집어 수면에 뿌리자 유골은 분필 가루처럼 바람에 휘날렸다. 저수지에서 아침마다 피어오르던 안개 같기도 했다. 성혁은 눈물을 삼키면서 또 한 움큼의 유골을 손에 쥐었다.

그때였다.

"어허! 이를 어째? 응?"

둑에서 누군가가 소리쳤다. 뒤를 돌아다보았다. 둑 위에 앉아 눈물을 흘리며 지켜보고 있던 아내가 쓰러져 있었다. 친인척들이 몰려 웅성거렸다.

"윤빈이 엄마가 그냥 혼절을 했네. 입에 거품까지 물었어!"

"이봐, 성혁이! 어서 나와봐. 자네 처가 기절을 했어!"

성혁은 아들 윤빈이의 유골을 뿌리다 말고 둑으로 급히 되돌아가야 했다.

"여보! 여보! 정신 차려!"

아내는 좀체 정신을 차리지 못했다.

"119! 얼른 119 불러!"

"그래! 이러다 줄초상 나겠어."

친척 어른들이 걱정스레 말했다.

"구급차가 여기까지 언제 올라와요? 자, 성혁아! 내 등에 업혀줘."

친구 현묵이가 등을 돌려 댔다.

"응? 그, 그래!"

"내 차로 인제 읍내 병원에 데려갈게. 그러니까 너는 윤빈이 장례 마저 마쳐."

"응! 그래야지. 고, 고맙다."

"고맙기는? 친구지간에."

집으로 돌아와서도 아내는 별반 나아지지 않았다. 하루 종일 멍한 표정으로 윤빈이 방 책상 앞에 앉아 눈물을 흘렸다. 벽에 걸린 사진을 하염없이 바라보면서였다. 윤빈이의 중학교 입학식 날 학생증용으로 찍었던 반명함판 사진을 확대한 것이었다. 교복을 멋스럽게 차려입은 윤빈이도 네모난 액자 속에서 아내를 마주 보고 있었다. 액자 속의 윤빈이는 울고 있는 아내와 달리 밝게 웃는 모습이었다.

"여보! 뭘 좀 먹어야지?"

"……!"

"죽 좀 끓여줄까?"

"……!"

아내는 대답하지 않았다. 그날부터 입을 완전히 봉해놓고 단 한마디도 하지 않았다.

이틀 뒤, 아내는 무언가를 손에 들고 윤빈이 방바닥에 망연자실 앉아 있었다. 얼마나 많이 울었는지 두 눈이 퉁퉁 붓고, 바닥에도 눈물이 흥건히 고여 이미 물바다가 된 상태였다.

"여보! 뭐야, 그게?"

"……!"

"이리 줘봐."

찢어낸 연습장 한 페이지였다. 죽기 직전에 윤빈이가 꼬깃꼬깃 구겨서 쓰레기통에 버린 것을 아내가 발견한 모양이었다.

내용을 보자 목이 콱 메었다.

'이틀째 학교에 가지 않았다. 갈 수가 없었다. 그놈들이 있는 학교가 너무 무서웠다. 퇴계공원 충혼탑에 기대앉아 하루 종일 보림이 생각을 했다.'

'무섭다. 너무 무섭다. 자꾸 떨린다. 보림이의 비명 소리와 그놈들의 웃음소리가 뒤섞여 들려온다. 점점 크게 들린다.'

'아무도 없다. 나를 도와줄 사람이 이 세상에 단 한 명도 없다. 엄마 아빠도, 선생님도, 경찰도, 대통령도, 그 누구도 나를 도와주지 못할 것이다.'

'어떻게 해야 될지 모르겠다. 그냥 자꾸 떨리기만 한다. 무섭다.'

'보림아, 어디로 간 거야? 연락을 줘. 제발!'

'너, 설마 잘못된 건 아니지? 전화나 문자 꼭 줘! 손꼽아 기다릴

게! 꼭! 꼭!'

구겨진 연습장 곳곳에는 윤빈이의 눈물자국이 별꽃처럼 피어 있었다. 그 별꽃 위로 성혁이의 눈물방울이 또 떨어져 내렸다.

'오늘도 연락이 없다. 무언가 잘못된 게 확실하다. 미칠 것 같다.'

'다 내 책임이야. 내 잘못이야.'

'미안해, 보림아! 정말 정말 미안해! 내가 맞아 죽는 한이 있더라도 그날 너를 데리고 나가는 게 아니었는데. 날 용서해줘!'

'내가 죽어 힘센 귀신이 되어 반드시 네 원수를 갚아줄게! 그놈들 다 죽여버릴게! 약속할게! 약속할게! 약속할게!'

성혁은 아내를 부둥켜안았다. 그렇게 껴안고 함께 울며 밤을 지새웠다.

가게 문을 다시 연 건 윤빈이 장례를 마치고 나서 한 달 보름 만이었다. 성혁은 아내를 집에 혼자 놔둔 채 가게로 출근을 했다. 하지만 도무지 일이 손에 잡히지 않았다. 그러나 그렇다고 손을 놓고 있을 수는 없는 일이었다. 수시로 마음을 추스르며 이를 악물고 장사를 했다. 하지만 매출이 아내와 함께 할 때의 반에도 미치지 못했다. 가게를 비워두고 배달을 갈 수가 없기에 더욱 그랬다. 아주머니를 한 명 써볼까도 생각했으나 그 매출 가지고는 어림없는 짓이었다. 친구 현묵이가 동료들을 데리고 와서 종종 회식을 하긴 했으나 별반 도움이 되지 않았다.

아내의 이상 증세는 점점 그 정도가 심해져갔다. 어느 날 밤늦게 파김치가 된 몸을 이끌고 집에 갔을 때였다. 현관문을 열고 들어가자 윤빈이 방에서 웃음소리가 새어 나왔다. 처음 듣는 웃음소리였다. 혹시? 최보림이라는 그 여학생이 찾아왔나? 너무 기뻐서 신발을 벗는 둥 마는 둥 하고 후다닥 달려 들어갔다.

"여, 여보?"

아내였다. 아내가 평상시와 다름없이 윤빈이 책상 의자에 앉아 있었다. 하지만 옷차림은 달랐다. 옷장 속에 걸려 있던 윤빈이의 교복을 꺼내 입은 모습이었다. 윤빈이가 키가 클 것을 대비해 여분으로 사둔 중고 교복이었다. 아내는 윤빈이의 교복 상의, 하의는 물론 와이셔츠에 넥타이까지 맨 차림이었다. 심지어 윤빈이의 책가방까지 등에 메고 있었다.

"여보, 왜 윤빈이 교복을 입고 있는 거야?"

"……!"

그렇게 윤빈이의 교복을 입고 아내는 의미 없는 웃음을 실실 웃었다. 성혁은 아내를 부둥켜안고 밤새 통곡을 하고 말았다. 그러나 아내의 웃음은 아침이 되어서도 그치지 않았다.

다음 날 성혁은 그동안 소중히 간직하고 있던 윤빈이의 물품을 모두 내다 버렸다. 중고로 사준 컴퓨터까지 버려버렸다. 아내가 잠든 사이에 크게 결심을 하고 한 일이었다. 그러나 차마 윤빈이의 앨범과 휴대폰, 노트 한 권은 버릴 수가 없었다. 앨범에는 윤빈이의 성장 기록이 고스란히 담겨 있었다. 윤빈이가 갓 태어났을 때부터 최근까지의 모습이 빠짐없이 정리된 것이었다. 아내는 한 달에 한두 번씩 윤빈이 사진을 찍어 앨범에 간직해두었다. 조금씩 성장하는 윤빈이의 모습을 사진으로 기록하며 행복감을 느끼곤 했었다.

"여보, 이 사진 어때요? 우리 윤빈이가 자전거 타는 거 찍은 거예요."

"괜찮게 나왔네."

"아이고! 대견하기도 하지! 우리 윤빈이가 벌써 이렇게 커가지고 이제 내년에는 중학생이 되니. 참!"

어느 날 아내는 새로 찍은 윤빈이 사진을 쓰다듬으면서 잠시도 눈을 떼지 못했다.

"그러게! 당신 젖을 빨던 게 어제 같은데. 세월 참 빨라!"

"이렇게 계속 사진을 찍어 정리해가지고, 나중에 윤빈이 결혼 선물로 줄 거예요."

"윤빈이 결혼 선물?"

"그래요. 이 사진들을 보여주고 엄마, 아빠가 얼마나 금지옥엽 키웠는지 알게 해야죠."

행복에 겨워하던 그날의 아내 목소리가 아직도 생생했다.

휴대폰 역시 버릴 수가 없었다. 헛된 짓임을 알면서도 언젠가 분명 윤빈이한테 전화가 올 것이라는 믿음을 지워버릴 수가 없었다. 버리지 않고 남긴 것들을 아내 눈에 띄지 않도록 옷장 위에 숨겨놓았다. 그러면 아내도 윤빈이에 대한 기억을 차차 잊으려니 생각했었다. 그러나 그것은 아주 큰 오산이었다.

더 큰 일이 터진 것은 이틀 후였다. 집에 있어야 할 아내가 보이지 않았다. 15평짜리 아파트를 구석구석 살폈으나 그 어디에도 아내는 없었다. 밖으로 나가 단지 내를 꼼꼼히 뒤져보았다. 하지만 마찬가지였다. 덜컥 겁이 났다. 아파트 입구에 있는 경비실로 달려갔다.

"아저씨! 제 집사람 못 보셨어요?"

"자네 집사람?"

"예! 가게 갔다가 좀 전에 들어와 봤더니 없어요. 아침에 자고 있는 걸 보고 식탁에 밥을 차려놓고 나갔었거든요. 밥도 그대로 있더라고요."

"확실한 건 아닌데, 오후 네 시 좀 지나서 저기 저쪽 큰길 쪽으로 걸어가는 걸 얼핏 본 것 같아."

"저기 저쪽 길이오?"

"응! 나도 잡일을 하느라 경비실을 자주 비우니까, 먼발치서 본 거야.”

즉시 큰길 쪽으로 뛰어갔다. 아내의 이름을 부르며 큰길을 샅샅이 훑었다. 큰길과 이어진 골목길들도 뒤져보았다. 그러나 없었다. 아내가 거리를 헤매고 있다면 가로등 불이 훤해서 금방 눈에 띌 텐데도 보이지 않았다. 오후 네 시경에 나갔다니까 벌써 여덟 시간이나 흐른 시점이었다. 거리를 헤매다가 혹시 교통사고를 당한 건 아닐까? 불길한 마음에 파출소로 가보기로 했다. 그러다 문득 생각나는 장소가 있었다.

“설마 그곳에?”

큰길을 건너 수협 공판장을 지나 부지런히 걸었다. 집에서 도보로 3, 40분 거리에 있는 명진중학교. 바로 윤빈이가 다니던 학교였다. 4층짜리 길쭉한 적벽돌 건물로 지은 지 10년이 채 안 되는 학교였다. 학교 전체를 빙 둘러 붉은 벽돌로 담장을 만들고 입구에 육중한 철제 대문을 달아 언뜻 보기에는 무슨 수용 시설 같았다. 바로 거기에 있었다. 굳게 닫힌 철제 교문 앞에 아내가 있었다. 잔뜩 웅크린 자세로 추위에 떨며 학교를 바라보고 있었다. 그러다가 두 주먹으로 교문을 내리쳤다.

“다, 다 때려 부술 거야! 다 때려 부수고 말 거야.”

주먹이 까져 피가 흘렀다. 그런데도 멈추지 않고 아내는 계속해서 철제 교문을 때려댔다.

“여보, 왜 여길 온 거야? 집에 가만히 있지 않고?”

“……!”

고개를 돌려 힐끔 한 번 쳐다본 아내는 원래 자세를 취했다. 그러고는 또 교문을 때려댔다. 울부짖기도 하고 이빨을 갈기도 하면서 더욱 힘을 가했다. 하지만 철제 교문은 바위 절벽인 양 아무 반응도, 아무 소리도 없었다.

“여보, 그만해! 다 소용없는 짓이야. 자, 업혀! 집에 가자.”

그러나 아내는 응하지 않았다.

“가야 해! 얼른!”

성혁은 아내를 잡아 일으켰다. 아내는 완강히 버텼다. 두 손으로 철제 교문을 꽉 움켜잡고 놓지 않았다.

“가자니까!”

강제로 떼어내 어깨에 둘러멨다.

“꾸엑! 꾸엑!”

아내가 짐승 소리를 내며 심하게 버둥거렸다. 그러면서 목, 어깨, 등을 사정없이 내리쳤다. 찻길로 지나가던 택시와 버스 승객들이 놀란 눈으로 바라보았다.

“윤빈아! 나야, 엄마야! 히히히!”

며칠 뒤, 아내는 아무에게나 윤빈아, 부르며 달려들었다. 남자든, 여자든, 아이든, 어른이든 가리지 않았다. 심지어 할아버지 할머니를 보고도 윤빈이라 부르며 붙잡았다. 상대가 기겁을 하고 도망을 가도 큰 소리로 부르면서 계속 따라갔다.

"병원에 입원을 시키든지 해야지. 그러다 무슨 사고라도 내면 어쩌려고 그래?"

"죄송합니다."

"죄송하다는 말로 될 일이 아니야. 주민들이 다 인상을 찌푸려! 혹시 어린애들한테 해코지를 하거나 불이라도 낼까 봐 무섭대."

경비원이 인상을 쓰며 싫은 소리를 건넸다. 곰곰이 생각해보니 경비원 말이 틀린 게 아니었다. 병원을 알아보기로 했다.

아내는 석사동 교차로 부근에 있는 정신병원에 입원해서 9개월 동안 치료를 받았다. 하지만 별 차도가 없었다. 담당 의사가 조용히 불렀다.

"우리 병원 재단에서 운영하는 정신요양원이 있는데, 아무래도 그리로 가시는 게 좋겠습니다."

"예? 정신요양원이오?"

"예! 충북 단양 소백산 자락에 있어요. 거기는 시설도 좋고, 무엇보다 공기가 맑고 주변 자연환경이 뛰어나 아마 효과가 있을 겁니다."

"그렇다면 옮겨야지요. 네, 그리로 옮기겠습니다."

병원의 추천으로 성혁은 아내를 단양 정신요양원으로 옮겼다.

사립 시설이라 비용이 상당히 비싸고 한 달에 단 두 번의 면회만 허용되는 곳이었지만 아내의 건강에 좋다니 그리 안 할 수 없는 노릇이었다. 사랑하는 아내가 건강만 되찾아준다면 그깟 돈이 아니라 목숨이라도 바칠 각오가 되어 있었다.

눈동자를 약간 돌려 교실 바닥에 그려진 아내 그림을 살폈다. 아내 역시 밝게 웃고 있었다.

"가야 돼! 아내한테 가야 돼!"

지난번 근 한 달 만에 면회를 갔을 때 마지막으로 보았던 아내의 모습이 그림 위에 겹쳐져 떠올랐다. 뺨을 타고 내린 눈물방울이 그림 위로 똑똑 떨어졌다. 그 때문에 아내의 얼굴 윤곽선이 조금씩 조금씩 지워졌다. 곧 아내의 얼굴이 기괴하게 변해버렸다. 거무튀튀하니 도무지 사람 얼굴 같지가 않았다. 아내의 이름에도 눈물이 떨어져 무슨 글자인지 알아보기가 어려웠다.

11장 · 조례 시간

"오늘은 왜 이렇게 날씨가 쌀쌀하냐? 기분도 존나 꿀꿀하고. 쒸바!"

소변을 본 뒤 담배꽁초를 소변기에 집어던진 이태균이 어깨를 움츠렸다.

"꽃샘추윈지 뭐라더라! 껌 씹을래, 태균아?"

"그래! 하나 까줘 봐라."

왕째리가 껌을 하나 까서 이태균에게 건넸다.

"아침밥을 조금 먹고 와서 배가 고픈데, 껌으로 될지 모르겠다."

"왜 조금 먹었는데?"

"아침 식탁에서 엄마랑 아빠랑 또 한바탕 지랄을 했잖냐. 밥이나 다 먹은 다음에 싸우든지 말든지 할 것이지!"

"왜 싸워?"

껌을 질겅거리면서 묻는 왕째리의 질문에 이태균이 다 알면서 뭘 묻느냐는 듯 대답했다.

"왜는 뭘 왜야? 늘 그렇지! 엄마가 쫑알쫑알 잔소리를 해대니까, 아빠가 그대로 라이트 훅을 날리더라고."

"라이트 훅을?"

"응! 으키키키!"

재미있어 죽겠다는 표정으로 이태균이 길게 웃었다. 왕째리도 따라 웃었다.

"크크크크! 그래서?"

"엄마가 바닥으로 푹 고꾸라져서 아빠를 노려보더라고. 머리는 헝클어지고 아구창에서는 피가 줄줄 흐르고. 야, 완전 시체 파먹은 귀신이더라. 섬뜩했어."

이태균은 자기 머리를 헝클어트리고 눈까지 까뒤집으면서 실감 나게 설명을 했다.

"엄마가 얌전히 일어나 씽크대로 가더라고. 그러기에 나는 오늘은 조용히 피나 씻고 넘어가는가 보다 했는데……."

"했는데?"

"엄마가 갑자기 참기름 병을 집더니 그대로 아빠 면상을 향해 집어던지는 거야. 이 씨발 새끼야! 소리치면서."

"와우! 그래서 어떻게 됐어?"

호기심이 가득한 눈빛으로 왕째리가 재촉을 해댔다.

"참기름 병이 아빠 이마빠구에 정통으로 맞아 박살이 났지 뭐! 유리조각이 사방으로 튀고, 아빠 얼굴이 참기름 범벅이 되고……. 야, 말도 마! 존나 웃기는 전쟁이었다니까."

"크크크크! 볼만했겠다."

"아빠가 엄마 머리채를 잡아끌고 안방으로 들어갔는데……. 난, 그래, 니들은 열심히 싸워라. 나는 학교에나 가서 신나게 놀란다, 하고는 엄마 지갑에서 돈 6만 원 째려가지고 나와버렸지 뭐! 키키키!"

웃음을 그친 이태균이 다시 뒷말을 이었다. 말과 함께 침방울이 연달아 튀어나왔다.

"작년에는 울 아빠가 사무실 경리 아가씨를 후려서 이혼을 하네 마네, 집이 완전 개작살 났었고. 근데 째리야, 니네 꼰대들은 안 싸우냐?"

"우리 꼰대들은 그렇게 치고 박고 싸우지 않고, 서로 말을 거의 안 한다. 너는 너고 나는 나 식으로 완전 생까고 서로 개무시한다. 나한테도 영 관심 없고. 이건 집이 집이 아니라 얼음굴이다, 시베리아 얼음굴!"

"그건 우리 집도 마찬가지야! 내가 사고를 치면 관심이 있는 척 날뛰다가 금방 혀 짤린 벙어리가 된다. 집에 들어가든 말든, 어디서 뭘 하든 말든, 신경 완전히 끈다, 꺼! 언젠가 내가 시험공부 때문에 독서실에서 밤새운다고 뻥까고 사실은 찜질방에 갔었거든.
거기서 홍천에서 가출한 계집년이랑 먹고 자고 하며 존나 놀다 3
일 만에 집에 들어갔었는데, 울 꼰대들은 각자 따로 어디 놀러 갔
다가 5일 만에 들어왔더라. 완전 황당하더라.”

그때 어느 학생이 1학년 화장실로 주춤주춤 들어왔다. 그 학생
은 이태균의 눈치를 보며 조심스레 소변기 앞으로 가서 섰다.

“야! 너, 잠깐 이리 와봐! 빨리!”

그 학생이 소변을 보려다가 말고 이태균에게 다가갔다. 잔뜩 겁
을 먹은 걸음걸이였다.

“너 새끼야, 왜 날 쪼개봐?”

“아니야! 안 쪼개봤어!”

“쫌 전에 들어오면서 날 쪼갰잖아?”

“아, 아니야!”

자기를 노려봤다고 우기던 이태균이 갑자기 그 학생의 점퍼를
만지면서 다른 말을 꺼냈다.

“어? 이 점퍼 이거 존나 간지나는데. 어디 좀 벗어봐!”

“저, 점퍼를? 왜?”

“빨리 벗어봐!”

이태균이 소리치자 그 학생이 마지못해 점퍼를 벗었다.

“오늘 내가 추워서 그러는데, 나랑 한 달만 바꿔 입는다. 알았지?”

겁에 질린 그 학생은 아무 말 없이 자기의 두툼한 점퍼를 벗어 주었다. 그러고 나서 이태균의 다소 얇팍한 점퍼를 받아 들었다.

"너, 왜 인상을 써? 내 점퍼도 메이커제야. 아주 비싼 거라고, 썹탱아!"

"아, 아니야! 인상 안 썼어!"

"아니긴 뭐가 아냐? 내가 얼굴 찡그리는 거 봤는데."

"정말 아니야!"

"그래? 째리야, 껌 하나 줘봐!"

왕째리에게서 껌을 하나 건네받은 이태균은 그것을 소변기 속으로 툭 던졌다.

"정말 아니면 저 껌 주워서 까 먹어봐!"

그 학생이 머뭇거렸다. 이태균이 주먹을 쥐고 흔들었다.

"뒈지게 맞고 주워 먹을래? 니가 알아서 주워 먹을래?"

그 학생이 체념한 표정으로 소변기 속으로 손을 뻗었다. 그러고는 소변이 묻은 껌을 집어 포장지를 벗겼다.

"입에 넣고 씹어야지!"

이태균이 두 눈을 부라리며 소리쳤다.

찡그린 얼굴로 그 학생이 껌을 입에 넣고 두어 번 씹었다. 그 모습을 보고 이태균과 왕째리가 배꼽을 쥐었다.

"으키키키!"

"크크크크!"

"어때? 맛 좋지? 이제 꺼져!"

꺼지라는 말과 동시에 그 학생은 구역질을 일으키며 후다닥 화장실 밖으로 뛰어나갔다.

"야! 이 점퍼 이거 완전 메이컨데, 응? 태균아! 졸라 좋다."

"딱 보니까 맘에 탁 들더라고. 어때? 뽀대작살이지?"

"응! 죽여준다! 꼭 야쿠자 두목 같다."

왕째리가 한껏 추어올리자 이태균은 어깨를 으쓱해 보였다.

"이런 재미에 내가 학교에 다니지, 그렇지 않으면 좆같은 학교에 왜 오겠냐? 쒸발! 뭐 배울 게 있다고. 내 힘에 무릎을 꿇는 재미! 강제로 뺏는 재미! 나를 무서워해 벌벌 떨며 돈을 바치는 놈들을 보는 재미! 바로 이런 재미 때문에 이 엿 같은 세상을 내가 웃으면서 살아가는 거다. 키키키! 야, 저놈 저거 몇 반이고, 집이 뭐 하는지 알아봐둬! 좀 사는 집 놈 같다."

"그래! 알았어. 아! 나는 신발 바꿔야 하는데. 저번에 신발 산다고 엄마한테 5만 원 뜯어가지고 다 썼거든."

자신의 신발을 요리조리 살피는 왕째리에게 이태균이 한마디 했다.

"돈 주고 사면 아작파가 아니지! 맘에 드는 거 또 빼앗아 신으면 되지! 그게 바로 사회 시간인지 세계사 시간에 들었던 바이킹들의

약탈 경제라는 거다. 힘 있는 자는 원하는 건 무엇이든, 언제든 강
취한다. 알았지?"

"좋아! 굿! 그러지, 그럼!"

왕째리가 화장실 입구로 가서 떡 버티고 섰다.

"완, 투, 뜨리, 요 철리 말리 길~ 조까라 마이싱~ 하!"

그 욕설 노래를 흥얼거리면서 누군가가 들어오기를 기다렸다.
몸을 숨기고 눈만 조금 내밀어 밖을 살피는 게, 개미를 기다리는
개미귀신과 흡사했다.

잠시 후 1학년 아이들 너더댓 명이 우르르 들어왔다.

"야! 한 명씩 줄서서 차례로 들어와!"

왕째리가 소리치자 그들은 주춤주춤 줄을 섰다.

"너, 신발 몇 미리 신어?"

"나, 나는 250이야."

"이런 개쉐끼! 들어가 오줌 눠!"

손바닥으로 첫 번째 아이의 뒤통수를 후려친 왕째리가 다음 아
이에게 물었다.

"다음! 너는 몇 미리 신어?"

"나는 270!"

"270? 그건 너무 크잖아. 오줌 눠, 쉐끼야."

두 번째 아이도 왕째리에게 뒤통수를 얻어맞고 소변기로 다가

갔다.

그렇게 왕째리는 화장실로 들어오는 아이들의 발을 살펴보며 신발 사이즈를 물었다. 그러면서 크기가 맞지 않거나 자기가 원하는 메이커제가 아니면 뒤통수를 한 대씩 때린 뒤 통과시켰다. 그의 그런 행동을 이태균은 뒤쪽에 떨어져 서서 흐뭇하게 바라보고 있었다.

"야, 여드름! 너, 신발 몇 미리 신어?"

"신발? 실내화? 운동화?"

"운동화, 쉐끼야."

"260."

"260? 딱 됐네. 무슨 메이커야?"

여드름 학생이 안쪽에 서 있는 이태균의 눈치를 살피면서 대답했다.

"나, 나이키!"

"오우! 나이키? 중국제 짝퉁 아니지?"

"아니야!"

"언제 산 거야?

"지지난달에 엄마가 입학 선물로 사준 거야."

왕째리의 의도를 파악한 여드름 학생의 목소리가 많이 위축되어 있었다. 너무 작아 잘 들리지도 않았다.

“그래? 그럼 아직 새거겠네?”

“응! 아직…….”

“가서 가지고 와봐!”

“응?”

여드름 학생이 절망감이 스민 눈빛으로 왕째리를 바라보았다.

“가서 가지고 와보라고, 쉐끼야!”

머뭇거리는 여드름 학생을 향해 왕째리가 소리를 버럭 질렀다.

“이 쉐끼가 뒈질려고. 너 내가 누군지 몰라? 아작파 부짱이야. 빨리 뛰어갔다 와! 아작나기 전에.”

왕째리가 두 눈을 치켜뜨고 주먹을 흔들어 보이며 협박을 했다.

여드름 학생이 교실로 뛰어가 나이키 운동화를 가지고 왔다.

“음! 어디 보자!”

신발을 건네받은 왕째리가 슬리퍼 실내화를 벗고 운동화를 신었다.

“와우! 내 발에 딱 맞네! 딱 맞아! 이거, 이 형님이 세 달간만 신다가 돌려줄 테니까 그렇게 알아.”

“……!”

“왜 대답 안 해? 나한테 불만 있어?”

“아, 아니!”

“그럼 가봐!”

여드름 학생이 화장실 밖으로 주춤주춤 나가버렸다. 그러자 이태균이 실실 웃으면서 왕째리에게 다가갔다.

"거봐, 째리야! 아주 간단하잖아?"

"이거, 여태까지 빼앗은 것 중에 제일 좋은 것 같다. 색깔도 맘에 꼭 들어! 크크크크!"

"이게 바로 힘, 파워의 매력이라는 거다, 째리야! 내가 어느 인터넷 배틀게임에서 봤는데, 힘은 참으로 아름다운 거랬어. 강자에게 행복과 기쁨을 주거든. 세상 살맛 나게 해주는 거지. 그러니까 뭐니 뭐니 해도 이 힘이 최고야, 최고! 키키키키!"

이태균이 엄지손가락을 세워 여러 차례 흔들었다. 왕째리도 똑같이 따라 하며 동의를 나타냈다.

"맞아, 맞아! 울 꼰대 친구들이 술 먹으면서 하는 얘기를 들었는데, 세상은 이 힘 있는 놈이 쥐고 흔들게 되어 있다고 그러더라. 힘만 있으면 아무리 큰 죄를 지어도 그냥 무사통과래."

"우리나라는 그래서 좋은 나라라는 거야. 예전에 대기업 총수 그 누구야? 자기 자식이 술집에서 싸우다가 좀 맞았다고 직접 룸싸롱을 찾아가서 주먹으로 개아작을 낸 사람. 그 사람도 경찰 조사 좀 받고 금방 풀려났대. 그리고 재벌 2세 그 누구야? 작년인가? 야구방망이로 트럭 운전수를 수십 대 후려패고 한 대에 백만 원씩 계산해서 수표 집어 던져준 사람 있었잖아?"

"그래! 뉴스에서 본 것 같아!"

왕째리가 뉴스에서 봤다며 아는 체를 했다.

"그 사람도 집행유예로 금방 풀려났잖아? 그게 바로 돈의 힘이라는 거야."

"집행유예? 그게 뭐지?"

"아, 새끼! 무식하기는. 공부 좀 해라, 공부 좀! 공부해서 남 주냐, 새꺄? 집행유예란 판사가 별거 아니니까 용서해주겠다, 나가 놀아라, 뭐 그런 거지! 하여튼 그 사람들 존나 멋지잖냐? 완전 짱이잖냐? 나도 어떻게든 돈 왕창 벌어서 그렇게 살고 싶어! 내 멋대로 하고 싶은 짓 다 하면서, 내 멋대로 돈 팡팡 쓰면서. 야, 껌이나 하나 더 줘봐! 이따가 입 텁텁하면 씹게."

"자, 여기. 이따 씹어! 아 참! 불량메주 있잖아? 어젯밤에 이쑤시개가 집을 알아냈대."

"그래? 어디래?"

이태균이 눈동자를 크게 키웠다. 입술도 길쭉이 늘렸다.

"석사동 롯데마트 옆 에버랜드 아파트래! 마트에 갔다가 우연히 봤는데 남편이랑 같이 쇼핑하더래."

"좋아! 오늘 밤에 쳐들어간다. 쳐들어가서 완전 개아작을 내놓는다! 모자하고 마스크 하나씩 준비해! 영화에서 본 것처럼 하면 못 알아볼 거야. 신고도 못 할 거고."

"알았어. 와! 오늘 밤에 이거 또 졸라 신나겠구나! 크크크!"

교실로 들어간 이태균은 아무 아이나 붙잡고서 명령을 했다.

"야! 내가 지금 배가 고파서 그러는데, 너, 매점에 가서 빵하고 우유 하나 사 와! 5분 내로 빨리 갔다 와! 1초 늦는데 한 대씩이야."

붙잡힌 아이는 찍소리도 못하고 매점으로 달려갔다. 혹시 얻어맞기라도 할까 봐 부리나케 뛰었다.

이태균은 자기 자리에 비스듬히 앉아 빵을 먹고 우유를 마셨다. 아직 수업 전이라 교실 안은 시장 바닥처럼 소란스러웠다. 껌을 씹고, 휴대폰을 걸고, 게임을 하고, 만화책을 보는 일부 학생들 때문이었다.

"담탱이 떴다."

누군가의 외침에 잠시 조용해지는가 싶었으나 크게 나아지시는 않았다.

"굿 모닝, 에브리바디! 자, 출석 체크하겠다. 대답 크게 해라."

담임이 출석을 부르기 시작했다.

"예!"

"예에!"

"넷!"

호명된 아이들이 한 명 한 명 대답을 했다.

"민서홍!"

담임이 민서홍을 호명했다. 그러나 민서홍은 대답이 없었다.

"민서홍!"

담임이 좀 더 크게 불렀으나 역시 대답 소리는 나지 않았다. 담임이 고개를 들어 앞쪽에 있는 민서홍의 자리를 쳐다보았다. 그러고는 결석 체크를 한 뒤 다시 이름을 불러 나갔다.

"오늘은 두 명 결석이네. 이 자식들, 날씨 좋다고 봄 소풍이라도 간 거야?"

하늘이 약간 흐리고 바람이 좀 불기는 했으나 나쁜 날씨는 아니었다.

"되도록이면 결석은 하지 마! 놀더라도 학교에 와서 놀란 말이야."

"근데 어떤 샘은 학교에 놀러 왔느냐고 뭐라 그러든데요."

이태균이었다. 이태균이 입가심으로 껌을 질겅질겅 씹으면서 말했다.

"그래요. 크게 떠들지도 않았는데 트집을 잡고. 괜히 우리만 미워하더라고요."

"샘! 선생이 학생을 편애하면 안 되는 거잖아요? 그쵸?"

삼각김밥과 이쑤시개, 왕째리가 여기저기서 응원포를 쏴주었다.

"편애? 누가 편애를 해? 어느 선생님이?"

"불량메주요. 완전 재수 없어요, 그 샘!"

대답을 하며 이태균이 얼굴을 찡그렸다. 여전히 껌을 씹으면서였다.

“이태균! 넌 껌 좀 뱉어라.”

“예—! 단물 다 빠지면요.”

“머리도 좀 짧게 자르고. 넥타이 똑바로 매고. 그리고 교실에서는 그 점퍼 좀 벗어라. 답답하지 않니?”

“아이 씨! 잔소리 그만 좀 해요. 추워서 입었어요.”

이태균이 인상을 쓰고 담임을 노려보았다. 그의 불손한 태도에 담임은 더 이상 말을 못하고 눈길을 피해버렸다. 그냥 무시하고 상대하지 않는 게 편하겠다는 표정이었다. 그러나 이태균은 계속 담임을 물고 늘어졌다.

“근데 샘, 저기요, 두발은 자유화 아녜요? 복장도 완전 자율에 맡긴다고 그러든데. 아녜요?”

“아직 아니야. 야, 그런데 불량메주가 누구야?”

담임의 물음에 이태균이 입술을 씰룩였다. 그러더니 다리를 덜덜 흔들며 건성으로 대답했다.

“거 있잖아요? 임신 5개월인지 6개월인지 그 여샘요!”

“아아! 문 선생? 그 선생님이 왜 불량메주야? 예쁘장하잖아?”

“웩! 샘 눈에는 예쁘게 보여요, 그 얼굴이? 으키키!”

이태균이 어이가 없다는 표정으로 담임을 빤히 쳐다보았다.

"그만하면 예쁜 거지. 거기서 더 예쁘면 뭐하러 선생질을 해? 골치 아프게. 때려치우고 돈 잘 벌고 속 편한 탤런트 하지! 여자들은 임신하면 몸도 붇고, 얼굴에 기미 같은 게 끼고, 그러는 거야! 화장해도 잘 받지도 않고."

"와우! 샘! 샘은 여자 몸에 대해 어떻게 그렇게 잘 알아요? 매일매일 여자 몸을 아주 자세하게 관찰하시나 봐요. 샘, 혹시 변태 아녜요? 맞죠?"

이태균의 비아냥거림에 그의 똘마니들과 몇몇 아이가 와르르 웃었다. 담임이 얼굴을 붉히고 목소리를 조금 낮췄다.

"내가 잘 알긴 뭘 잘 알아? 그 정도는 상식이지. 아무튼 놀더라도 정도껏 놀아야지. 다른 사람 공부 방해하거나 수업 분위기를 해치면 안 되지!"

담임이 한창 조례를 하는 중이었다. 교실 뒷문이 스르륵 열렸다. 민서홍이 고개를 푹 숙이고 들어왔다.

"민서홍! 너, 웬일이야? 지각을 다 하고."

"……!"

담임의 질문에도 민서홍은 아무 대답이 없었다. 뛰어왔는지 숨을 헐떡이며 잠시 출입문에 서 있었다. 왼손에는 책가방을 들고 오른손은 주머니에 넣은 자세였다. 반 아이들은 그저 그를 한 번 쓱 바라보고 말았다.

"얼른 네 자리로 와서 앉아라."

그 말을 한 뒤 담임은 조례를 계속했다.

민서홍이 천천히 걸음을 옮겨놓았다. 3분단을 지나 우측으로 꺾어 교탁 앞 두 번째 자리가 그의 자리였다. 그러나 3분단을 지난 민서홍은 우측으로 방향을 꺾지 않았다. 갑자기 휙 뒤돌아섰다. 그러고는 왔던 길을 다시 가 좌측으로 꺾어 1분단으로 들어섰다. 1분단 어느 한 지점을 똑바로 쳐다보며 매우 빠른 걸음으로 움직였다. 이태균이었다. 민서홍은 이태균에게서 시선을 떼지 않고 곧장 그에게로 다가갔다. 입을 앙다문 굳은 표정이었다.

이태균은 민서홍이 자기에게 다가오고 있다는 걸 전혀 눈치채지 못했다. 양손을 점퍼 주머니에 찔러 넣은 채, 껌을 질겅질겅 씹고, 턱을 주억거리고, 다리를 덜덜 흔들고 있었다. 다른 아이들도 설마 민서홍이 이태균을 향해 가리라고는 예상하지 못했다. 그쪽으로 해서 교탁 앞을 지나 그의 자리로 갈 수도 있었기 때문이었다.

담임이 중간고사 얘기를 꺼냈다.

"5월 중순에 중간고사 있는 거 다 알지? 놀지 말고 시험공부들 좀 해."

"시험공부는 뭘요. 그냥 대충 보고 말지요."

이쑤시개가 실실 웃으면서 농담조로 말했다.

"고등학교 입학해서 처음으로 보는 시험인데 잘 봐야지. 내신이 점점 더 중요해지고 있어!"

"샘, 공부 그거 대체 왜 하는 거예요? 졸라 골치 아파요. 울 삼촌이 그러는데, 공부 안 해도 우리나라는 85퍼센트 이상이 대학 간다는데요."

삼각김밥이 휴대폰에 저장해둔 음란사진을 힐끔힐끔 내려다보면서 히죽이 웃었다. 옆에 앉은 다른 아이도 함께 보고 키들거렸다. 하지만 담임은 그것을 알지 못했다. 시선을 아이들한테 두지 않고, 교실 뒤 사물함 쪽과 창문 밖 운동장을 건성으로 보며 시험공부 이야기를 계속했다.

"그 85퍼센트에 들어야지. 그리고 야, 공부해서 남 주냐? 다 너희 잘되라고……."

담임이 '잘되라고'까지 말했을 때였다. 이태균 뒤로 바짝 다가간 민서홍이 주머니에서 오른손을 빼냈다. 그 순간 그의 손에서 날카로운 금속성 빛이 번득였다. 민서홍은 조금도 주저 않고 오른손을 위로 높이 치켜 올리며 크게 소리쳤다.

"이 개새끼! 죽어!"

12장 · 꽃비

지난번 면회를 갔을 때 아내는 상태가 더욱 심각해져 있었다. 아내는 두 평이 될까 말까 한 독방 안 창가에 우두커니 앉아 있었다. 웃지도 않았다. 울지도 않았다. 아무나 잡고서 윤빈이라고 매달리지도 않았다. 그저 창밖 먼 하늘을 바라보며 돌조각처럼 앉아 있을 뿐이었다.

"여보! 나야. 나 왔어!"

다가가 흔들었다. 그래도 반응하지 않았다. 마치 모든 걸 체념한 듯 눈빛에 남아 있던 한 가닥 생기마저 사라지고 없었다.

"선생님, 제 아내가 왜 이러죠?"

"며칠 전에 하도 소란을 피워서 독방에 일시 감금을 시켰습니다. 그날 이후로 이렇게 아주 조용히 지내고 있습니다."

"그러면 병이 좀 나아졌다는 말인가요?"

"네! 그렇게 볼 수도 있습니다."

하지만 성혁은 아내의 병이 오히려 악화되었다는 걸 직감했다.

"음식은 잘 먹나요?"

"거의 먹질 않아서 하루 두 차례씩 영양제를 주사하고 있습니다."

뼈만 앙상하게 남은 아내는 곤충채집을 해서 말려놓은 왕잠자리 같았다. 움푹 들어간 두 눈만 큼직하게 보일 뿐 몸체는 가느다란 쇠꼬챙이였다.

"아내랑 잠깐 단둘이 있고 싶습니다."

"네, 그렇게 하세요."

의사와 간호사 둘이 나가자 성혁은 아내의 손을 감싸 잡았다. 손이 얼음장보다 차가웠다. 숨결에도 찬 기운이 서려 에어컨 바람이 따로 없었다.

"여보! 뭘 좀 먹고 기운을 내! 정신도 좀 차리고."

"……!"

안쓰럽고 죄스러운 마음에 성혁은 아내를 꼭 껴안았다. 하지만 아내는 여전히 별무반응이었다. 성혁 자신조차도 알아보지 못하는 표정이었다.

초점 잃은 아내의 눈동자를 똑바로 보며 말했다.

"여보! 이번 우리 윤빈이 2주기에는……."

목이 메어 말이 나오지 않았다. 겨우 2년이 지났을 뿐인데 아무도 윤빈이를 기억하지 못했다. 동정의 눈길을 보내던 몇몇 사람들마저 윤빈이를 까맣게 잊고 있었다. 윤빈이는 애초부터 존재하지 않았던 아이가 되어버린 것이었다. 오로지 성혁과 아내의 가슴속에만 남아 있을 뿐이었다. 세상이 한없이 원망스럽고 하늘이 야속했다. 눈물이 흘렀다. 터진 봇물처럼 끊임없이 흘러내렸다.

침대 시트로 눈물을 닦고 다시 말을 이었다.

"윤빈이 2주기에는 내가 그 녀석을 잡아다가, 우리 윤빈이한테 무릎을 꿇리고, 손이 발이 되도록 빌게 할게. 꼭 그래놓고 다시 당신 데리러 올게. 이제 돈을 버는 일도 도시에 사는 일도 다 필요 없게 됐잖아? 그러니까 우리 더 이상 떨어져 있지 말고 시골에다 움막이라도 짓고 함께 오래오래 살자! 우리 유, 윤빈이랑 해, 행복했던 때 생각이나 하면서……."

"……!"

그 말에 비로소 아내는 약간의 반응을 보이는 것도 같았다. 바짝 메말라 껍질이 갈라진 입술을 조금 움직거렸다. 그리고 무엇보다 눈빛이 한 차례 반짝였다. 찰나적인 순간이었지만 성혁은 그것을 놓치지 않았다. 살며시 손을 들었다.

"자, 내가 이렇게 약속할게, 꼭 그러기로!"

성혁은 아내의 새끼손가락을 펼쳤다. 그러고서 자신의 새끼손가락을 걸고 굳게 약속을 했다. 아내의 새끼손가락을 통해 찌릿한 무언가가 성혁의 손으로 전달되었다. 곧 그것은 팔뚝을 타고 올라 어깨와 가슴을 거쳐 전신으로 번져갔다.

"그래! 약속을 했었어. 그 녀석을 잡아다 윤빈이 앞에 무릎을 꿇리겠다고. 그런데, 그런데⋯⋯. 어흐으으!"

안구 가득 눈물이 고였다. 그 모든 게 자신의 책임으로 느껴졌다. 윤빈이가 그렇게 된 것도, 아내마저 그렇게 된 것도 모두 자기 자신 때문이라 여겨졌다.

"나 때문에, 나 때문에⋯⋯. 어흐으으!"

성혁은 주먹으로 자신의 이마를 거듭해 때리면서 한참 동안 울부짖었다. 그러다 다시 창문으로 가서 밖을 살폈다. 눈이 시큰하도록 힘을 주고 학교를 꼼꼼히 살펴보았다. 아까 폐농가로 도망갔던 이태균이 학교로 돌아와 꼭 어딘가에 숨어 있을 것 같았다. 숨어서 음흉스런 미소를 지으며 자기를 노려보고 있는 것만 같았다.

"⋯⋯?"

눈물이 가득 고인 눈으로 보아서 그런지 학교가 달라져 있었다. 폐분교가 아니었다. 운동장이 달랐다. 학교 둘레에 심어놓은 나무도 달랐다. 사철나무 울타리가 아니라 붉은색 벽돌을 높게 쌓은 담장이었다. 본관동 역시 다른 모습이었다. 4층짜리 길쭉한 건물로 온통 붉은색이었다. 눈을 몇 번 깜박거리고 나서 교문을 살폈다. 분명히 달랐다. 색깔이 검붉게 변색되고, 구멍이 뻥뻥 뚫리고, 늘 열려 있는 폐분교의 그 낡은 교문이 아니었다. 육중한 철제 교문이었다. 교문은 빈틈없이 굳게 닫혀 콩알만 한 구멍 하나 없었다. 마치 한번 들어가면 절대 나올 수 없다는 지옥의 문 같았다. 바로 그 학교, 아들 윤빈이가 다니던 명진중학교였다.

"이이이이……!"

두 주먹을 움켜쥐었다. 입술을 깨물었다. 입술이 터져 피가 흘렀다.

"다, 다 때려 부술 거야! 다 때려 부수고 말 거야."

어느 날 밤 아내가 명진중학교를 찾아가 주먹으로 철제 교문을 내리치며 울부짖던 소리가 생생하게 들려왔다. 순간 성혁의 눈이 뒤집어지고 말았다. 벌겋게 충혈되어 살기를 내뿜었다.

몸을 돌렸다. 그 사이 책걸상 모닥불은 다 스러져 새끼손가락 크기의 불꽃 하나만 약하게 타오르고 있을 뿐이었다. 그마저도 크기가 점점 줄어갔다. 모닥불로 성큼성큼 다가가 책상 다리 하나를 집어 들었다. 마포걸레 자루 굵기의 쇠파이프로 디귿 자 형태였다.

"에잇!"

그것을 교실 바닥에 힘껏 내리쳤다. 그러자 쇠파이프 일부가 부러져 떨어지고, 남은 부분은 마치 작은 하키 스틱 모양으로 되었다.

"다 필요 없어! 모조리 때려 부술 거야!"

성혁은 눈을 부릅뜨고 어금니를 악문 채 쇠파이프를 마구 휘둘러댔다. 유리창, 교탁, 칠판, 형광등, 액자, 출입문 가리지 않고 닥치는 대로 부수기 시작했다. 더 이상 부술 게 없으면 복도로 나가 다음 교실로 건너갔다. 그리고 또 성난 황소처럼 씩씩거리면서 교실을 철저히 부숴버렸다. 숨이 턱까지 차오르고 온몸이 땀으로 범벅이 되었다. 유리창 파편이 튀어 손등과 얼굴에 수도 없이 박혔다. 그러나 멈추지 않았다. 지치지도 않았다. 어디서 그런 힘이 솟아나는지 알 수 없는 일이었다.

시간이 흘렀다. 태양은 중천을 넘어 서쪽으로 한 발이나 기울었다. 별관동 교실을 다 때려 부순 성혁은 지체 않고 본관동으로 건너갔다. 첫 번째, 두 번째 교실을 초토화시키고 세 번째 교실로 향했다.

"……?"

세 번째 교실 뒷문에 거의 다 다가갔을 때였다. 성혁은 걸음을 뚝 멈췄다. 가만히 귀를 기울였다. 세 번째 교실에서 사람 말소리가 새어 나오고 있었다. 틀림없는 사람의 목소리였다.

선생이 묻고 학생들이 대답을 하는 형식이었다.

"누가 수업을?"

의아하게 생각하면서 한 걸음을 더 떼어놓은 뒤 벽에 바짝 붙었다. 다시 귀로 온 신경을 그러모았다. 귀에 익은 목소리였다. 고개를 갸웃거리며 몇 번을 들어보아도 귀에 익은 목소리가 분명했다.

"유, 윤빈이? 우리 윤빈이가?"

세 번째 교실 문을 활짝 열어젖혔다.

그러나 교실은 텅텅 비어 있었다. 선생도 학생도 아무도 없었다. 낡은 책상 대여섯 개만 삐뚤빼뚤 놓여 있을 뿐이었다. 천장 형광등에는 시커먼 거미줄이 열대우림의 넝쿨식물처럼 주렁주렁 매달려 대롱거렸다. 그리고 바닥에는 곰팡이가 핀 책 무더기와 서류 뭉치들이 지저분하게 널려 있었다. 교무실이었다.

"이이 이런……."

성혁은 교무실로 성큼 들어갔다. 그곳이 교무실이라는 걸 알자 더욱 힘이 솟았다. 분노도 배나 치솟았다.

"내가, 내가 다, 다……."

우선 교사용 책상부터 때려 부수었다. 가루가 될 때까지 수십, 수백 번을 내리치고 또 내리쳤다. 풀풀 일어나는 묵은 먼지를 고스란히 마시면서 무려 한 시간이 넘게 교무실을 때려 부수었다. 마지막으로 교감 책상과 그 뒷벽에 걸린 태극기 액자, 교훈 액자를 박살 낸 성혁은 숨을 헐떡이며 복도로 나왔다. 나오자마자 바닥에 털썩 주저앉아 숨을 골랐다. 자신의 거친 숨소리가 울음조차 제대로 울지 못하던 아내의 목쉰 소리처럼 들렸다. 창백한 얼굴에 해골보다 더 말라 있던 아내의 모습이 눈앞에 어른거렸다. 가슴이 갈가리

찢어져 산산이 흩어졌다.

"으흐으윽!"

차가운 시멘트 바닥으로 뜨거운 눈물방울이 연이어 떨어져 내렸다.

"끄응!"

교무실 앞 복도 바닥에 한참 동안 앉아 있던 성혁은 느리게 몸을 일으켰다. 이제 정말 아내에게 가야 했다. 아내한테 가서 학교를 다 때려 부수고 왔노라고 말을 해야 했다. 그래야지만 아내를 보기가 덜 미안할 것 같았다. 휴대폰을 꺼내 들었다. 친구 현묵이를 부를 작정이었다. 빨리 좀 와달라고, 급하게 아내한테 가봐야 한다고 부탁을 할 참이었다. 바빠서 못 온다면 애원이라도 할 결심이었다. 하지만 배터리가 다 소모되고 없었다. 아무리 파워 버튼을 눌러도 전원이 켜지지 않았다.

"에잇!"

휴대폰을 복도 바닥에 팽개쳤다. 휴대폰 파편이 사방으로 튀었다. 품속에 간직하고 있던 윤빈이의 휴대폰을 꺼냈다. 그러나 그것도 더 이상 켜지지 않았다. 이제 아내하고도, 아들하고도 영원히 연결되지 않을 거라는 단절감이 엄습했다. 몸 전체가 부르르 떨렸다.

"그, 그래도, 가, 가볼 거야!"

걸어서라도 가야 했다. 본관 현관 쪽으로 천천히 걸었다. 몸이 움츠러들고 걸음이 머뭇거려졌다. 게다가 다리에 힘이 없어 자꾸 휘청거렸다. 눈앞도 어지러웠다. 가고 싶지 않은 마음도 있어서였다. 무서웠다. 가서 아내임을 확인해야 된다는 사실이 두려웠다.

"모, 못 가겠어!"

냉장고가 보였다. 스테인리스 재질의 시신 안치용 대형 냉장고가 눈앞에 나타났다. 싸늘한 냉장고의 상층 맨 우측 칸에 '박혜란 48세'라 휘갈겨 쓴 검은 글씨가 또렷이 보였다. 성혁은 눈을 질끈 감았다. 하지만 그 명패는 없어지지 않았다. 오히려 점점 더 커지고 점점 더 또렷해졌다. 명패뿐만이 아니었다. 냉장고 속에 반듯이 누워 있는 아내의 모습도 선명하게 보였다. 아내는 하얀 천을 전신에 덮어쓴 채 차갑게 얼어 있었다. 머리카락에 엉겨 붙은 핏덩이, 심하게 일그러진 표정, 미처 다 감지 못하고 4분의 1쯤 뜬 눈, 목 부분에 넓게 퍼진 시퍼런 멍. 윤빈이와 똑같은 모습이었다.

"여보! 다, 당신도 결국 그 그렇게……, 미, 미안해!"

잠시 멈춰 서서 훌쩍이던 성혁은 다시 걸음을 옮기기 시작했다. 현관을 빠져나와 화단 길을 지나 운동장으로 향했다. 그새 하늘은 조금 더 흐려져 회색 구름이 드문드문 끼어 있었다. 바람도 점차 세졌다. 서편 먼 산꼭대기에 해가 걸려 약한 햇빛을 비추고는 있었으나 차가운 바람을 막아주지는 못했다.

"걸어서라도 가야 해! 빨리 가서 아내를 봐야 해!"

염불처럼 되뇌는 그 말과는 달리 걸음은 오히려 느려졌다. 자꾸 어깨가 축축 늘어지고 고개가 숙여졌다.

휘청휘청 걷다가 고개를 들었다. 앞을 보았다. 운동장에 빙 둘러서 있는 벚나무는 꽃이 가득 피어 마치 함박눈이라도 맞은 듯했다. 너무 새하얗게 변해 눈이 부셨다. 2, 3일이면 만개를 할 태세였다. 성혁은 만개를 앞둔 벚꽃을 넋을 잃고 바라보았다. 한 줄기 싸늘한 바람이 목덜미를 스치고 지나갔다. 으스스 어깨가 떨렸다. 팔도 떨렸다. 다리도 후들거렸다. 벚나무 꽃가지들도 몸을 떨었다. 꽃송이들이 뚝뚝 떨어져 내렸다.

"어?"

연단에서 방향을 우측으로 틀어 교문 쪽으로 가려던 성혁은 그 자리에 멈춰 섰다.

"여, 여보! 다, 당신이 어떻게 여길……."

아내가 있었다. 아내가 운동장 가운데에 서 있었다. 창문을 깨고 뛰어내렸다는 요양원 측 설명과는 달리 아주 건강하고 행복한 모습이었다. 상처 하나 없이 말끔했다. 그런 모습으로 윤빈이와 배드민턴을 치고 있었다. 눈을 비비고 다시 보았다. 분명히 아내였다. 157센티 정도의 키에 호리호리한 몸매, 수수한 생김, 뒤로 한 번 질끈 묶은 생머리 스타일, 가슴에 녹색 띠줄이 들어 있는 흰색 봄

스웨터, 차분차분한 말투 등 아내가 확실했다.

반가운 마음에 빠른 걸음으로 다가갔다. 거의 다 다가갔을 때 아내와 아들은 배드민턴 치기를 그쳤다.

"이제 그만 치고 학교 구경하자, 엄마!"

"그럴까?"

윤빈이가 앞서 가고 아내가 그 뒤를 따랐다.

"여보! 윤빈아!"

소리쳐 불렀다. 그러나 그들은 듣지 못하고 운동장을 걸었다. 벚꽃나무 아래를 따라 크게 원을 그리며 운동장을 몇 바퀴나 돌았다. 그러면서 본관동도 살펴보고, 별관동도 살펴보고, 학교 뒷마당도 돌아보았다. 성혁이가 뒤따르고 있다는 걸 알아채지 못하고 바쁘게 움직였다.

"엄마! 이제 저 위, 저수지로 가보자."

"그래! 가보자!"

학교 뒷마당에서 운동장으로 나온 아내와 아들은 곧장 교문 밖으로 나갔다.

"나야! 나! 여보! 윤빈아!"

성혁은 더 크게 그들을 불렀다. 하지만 아내와 아들은 뒤돌아보지 않았다. 손을 잡고 깔깔거리면서 계속 저수지 쪽으로 걸어갔다.

부지런히 뒤쫓아 갔다. 수도 없이 아내와 아들을 부르며 걸음을 재게 옮겼다. 하지만 마음만 급할 뿐 걸음은 그리 빨라지지 않았다. 그래도 멈추지 않았다. 기를 쓰고 걸어 드디어 교문 밖으로 한 발 내디뎠다. 그때 바람이 세게 불어 미친 듯이 벚꽃 가지를 흔들어댔다. 여기저기서 벚꽃 가지 부러지는 소리가 뚜둑 뚜둑 들려왔다. 아직 다 피지도 못한 벚꽃 송이들이 한꺼번에 떨어져 공중에 어지러이 흩날렸다. 흡사 하늘에서 꽃비가 쏟아져 내리는 듯한 광경이었다. 학교 전체가 흩어져 날리는 꽃잎 속에 묻혀 형체를 알아볼 수 없을 정도였다. 세찬 강풍에 얼마간 버티던 낡은 교문도 기어코 떨어져나가 논두렁에 처박혔다. 사철나무 울타리도 왕창왕창 뽑혀 운동장을 지그재그로 굴러다녔다. 마치 안식처를 찾아 헤매는 유령 같았다.

혼신의 힘으로 걸어 아내와 윤빈이 뒤를 따랐다. 그러나 어디로 갔는지 아내와 윤빈이의 모습이 보이지 않았다.

"여보! 윤빈아!"

다급한 마음에 울퉁불퉁한 계곡 길을 뛰다시피 걸었다. 넘어져 신발이 벗겨지고 무릎이 까져 피가 흘렀다. 그래도 계속해서 올랐다. 날카로운 돌부리에 발바닥이 찢어지고 발톱이 뽑혔다.

"윤빈아! 여보!"

네발로 기어 간신히 둑 정상에 올라섰을 땐 온몸이 땀으로 흠뻑 젖고 숨이 턱까지 찼다. 손과 발은 온통 피투성이였다. 극심한 고통에 얼굴은 마루걸레를 쥐어짜놓은 듯한 모습이었다. 힘겹게 고개를 들어 저수지를 보았다.

"와아 —!"

성혁은 눈을 휘둥그렇게 떴다. 맑고 잔잔한 저수지 수면에 진분홍 저녁노을이 곱게 피어 있었다. 그 진분홍 노을 속에서 아내와 윤빈이가 다정하게 놀고 있었다. 찌그러져 있던 얼굴이 곱게 펴지고 입가에는 환한 미소가 맺혀졌다.

"여보, 나야! 윤빈아, 아빠야!"

목이 터져라 큰 소리로 불렀다. 그제야 아내와 윤빈이가 돌아보았다. 그러고는 밝게 웃으며 손짓을 했다.

"아빠, 빨리 와! 빨리!"

"여보! 어서 와요!"

"그래! 그래!"

성혁은 아무 망설임 없이 물속으로 몸을 들여놓았다. 그 순간, 학교를 사정없이 할퀴고 뒤따라온 바람이 저수지 위에 꽃잎을 뿌려댔다. 꽃잎이 소낙비처럼 내려 앞이 보이지 않았다.

"여보, 어디 있어? 윤빈아!"

"이쪽이에요, 좀 더 와요!"

"아빠, 조금만 더."

무릎이 잠기고, 엉덩이가 잠기고, 허리가 잠기고, 가슴이 잠기고, 마침내 목이 잠겼다. 수면에 내려 물결 따라 일렁이던 하얀 꽃잎들이 턱, 뺨, 입술에 빼곡히 들러붙었다.

"아빠, 이리로 좀 더 들어와."

"그래!"

머리까지 완전히 잠겼을 때였다. 갑자기 눈앞에 집 한 채가 나타났다. 작지만 아담하고 깨끗한 집이었다. 게다가 벽은 흙벽돌로 되어 있었고 지붕은 파란 색깔이었다. 성혁은 그만 너무 놀라 입을 크게 벌렸다.

"어때요, 아버지!"

"이쁘죠, 여보!"

"대체 이게 어떻게 된 거야?"

아내와 아들을 번갈아보며 물었다.

"제가 그동안 아버지, 어머니를 위해 지은 거예요."

"윤빈이 네가?"

"예! 언젠가 제가 약속했잖아요. 나중에 제가 커서 어른이 되면 집을 지어드리겠다고요."

그러고 보니 윤빈이는 부쩍 커서 어른이 되어 있었다. 키도 크고 덩치도 크고 말투도 어른스러웠다. 반면에 아내는 머리칼이 희끗희끗하고 주름살이 빼곡한 게 많이 늙은 모습이었다. 성혁 자신도 얼굴에 잔주름이 가득하고 눈도 침침했다. 머리카락도 벚꽃잎을 뒤집어쓴 것처럼 반이 넘게 하얀색이었다.

"아버지, 집 안 구경도 하셔야죠?"

"응! 그래! 그래!"

성혁은 아들과 아내의 손을 잡고 황토집 안으로 들어갔다. 집 안은 바람 한 점 없이 아늑하고 포근했다.

하지만 저수지 밖에는 온 산을 집어삼킬 듯한 강풍이 여전히 휘몰아치고 있었다. 강풍은 특히 학교 상공에서 괴성을 내지르며 크게 소용돌이쳤다. 거친 소용돌이에 휩쓸린 꽃잎들은 작은 몸체가 갈기갈기 찢겨져 가루가 되어 흩날렸다. 어느새 하늘은 진분홍 저녁노을이 다 사라지고 차츰차츰 검은색으로 변해가기 시작했다.

무려 300여 건의 자료를 수집하여 정리한 후 이 책을 3분의 1쯤 썼을 때, 대구에서 학교폭력에 시달리던 중학생이 자살을 한 사건이 발생했다. 미처 피지도 못한 또 하나의 꽃이 떨어져버렸구나! 가슴이 몹시 쓰리고 아팠다. 아름답고 향기로운 꽃을 피워내야 할 학교에서 오히려 꽃봉오리가 꺾이는 일이 심심치 않게 일어나는 작금의 현실에 분노도 치밀었다. 이대로라면 과연 학교가 정말 필요한 곳인지 깊은 회의마저 들었다.

이 책은 학교폭력의 적나라한 실상과 그에 따른 비극적 결말을 그린 소설이다. 도를 넘은 학교폭력 때문에 단란하고 행복하던 한 가정이 처참히 붕괴되는 과정을 실제 사건에 입각해서 집필하였다. 집필하는 동안 여러 차례 작업을 멈추곤 했다. 우리 청소년들이 진짜 이렇게까지 잔인 포악하고 극악무도하단 말인가? 믿고 싶지 않아서였다. 그러나 진짜였다. 사실이었다.

물론 일부 문제 청소년들의 경우이기는 하지만, 이 일부가 다른 대다수의 선량한 청소년들에게 엄청난 육체적·정신적 영향을 미치고, 심지어 목숨까지 빼앗기도 한다. 매우 심각한 일이다. 거의 모든 학교에 암적인 존재로 틀어박혀 있는, 소위 일진 학생들로 인한 폐해는 그야말로 상상을 초월한다. 그들 중에는 뉘우칠 줄도 모르고, 반성할 줄도 모르는, 아예 죄책감 자체를 느끼지 못하는 아이들도 꽤 된다. 과연 누가 저들을 그렇게 키웠는가? 곰곰이 생각해보니 참사랑이 부재된 가정이, 인성 교육을 포기하다시피 한 학교가, 폭력으로 만연된 사회가 그렇게 키운 것이다.

이 책을 읽는 독자가 만약 가해 학생이라면 철저한 자기반성을 강력히 촉구한다. 그리고 피해 학생이라면 위로와 격려, 아울러 어른의 한 사람으로서 보호해주지 못한 것에 대한 사과를 전한다. 또 일반 학생이라면 슬픔과 분노를 느끼기를 기대한다. 억울한 희생을 보고도 슬퍼하지 않고 무도한 악행을 보고도 분노하지 않는다면 우리 사회의 미래는 암담하다 못해 절망적이기 때문이다. 끝으로 학교 관계자라면 가해 학생을 섣부르게 용서하지 말기를 희망한다. 그리고 모든 학생 개개인에게 지속적인 관심을 가져주기를 요구한다. 외면, 무관심, 섣부른 용서, 그것은 악마를 키우는 비타민이 될 수도 있기 때문이다.

이 소설을 통해 오늘날 그 정도가 점점 심해져가는 문제 청소년들의 악행을 사실적으로 보여줌으로써 역설적으로 선행을 생각하도록 하려는 의도였는데, 만족할 만하게 그려내지 못한 것 같다. 아무튼 여러 모로 부족한 원고임에도 불구하고 책으로 출간해준 자음과모음 출판사에 감사를 표하는 바이다.

2012년 6월 양호문

페어링 | 조규미 장편소설

따돌림을 당하는 수민에게 찾아온 버려진 이어폰. 고장난 줄 알았던 이어폰에서는 수민이 힘들 때마다 위로를 건네주는 목소리가 들려온다. 이어폰 속 목소리로 외로움을 극복해 나가던 수민에게 성적 조작이라는 커다란 사건이 찾아온다.

종말주의자 고희망 | 김지숙 장편소설

오 년 전, 살던 집 근처에서 동생이 사고를 당한 이후 갑작스레 찾아온 불편한 침묵을 견디기 위해 희망은 종말주의자가 되기로 한다. 희망의 소설 속에서 종말하는 사람이 많아질수록, 희망의 삶에 대한 의지는 더욱 커져 간다.

★ 학교도서관저널 추천도서

은명 소녀 분투기 | 신현수 장편소설

실제 일제 강점기의 동맹 휴학을 모티브로 한 소설. 경성의 명문 학교에 다니는 혜인, 애리, 금선은 학교에 부임한 일본인 선생들의 만행과 시대의 압박에 대항하여 동맹 휴학을 하기로 결심한다.

★ 학교도서관저널 추천도서

이번 생은 해피 어게인 | 이은용 외 지음

내 마음대로 인생을 다시 살 수 있다면 행복할까? 다섯 명의 작가가 무한한 상상력으로 반복되는 인생을 사는 십 대들을 그려내는 단편 앤솔러지.

★ 학교도서관저널 추천도서

춘란의 계절 | 김선희 장편소설

폭력과 외로움에 익숙해질 무렵 춘란에게 찾아온 태승과 신비는 시린 겨울 같던 춘란의 삶에 봄을 되찾아 줄 수 있을까? 사랑과 사람에게 상처받은 춘란은 다시 사랑할 수 있을까?

★ 문학나눔 선정도서

흉가탐험대 | 박현숙 장편소설

겨울방학 캠프에 참가한 뒤 각자의 비밀을 간직하게 된 네 친구 이야기. 친구의 죽음에 얽힌 흉가를 탐험하면서 그 속에 감춰진 비밀과 진실을 찾는 이야기

★ 학교도서관저널 추천도서

마이너스 스쿨 | 이진 외 지음

십 대를 위협하는 학교폭력을 주제로 다섯 편의 짧은 이야기를 모은 소설집.
방향 없는 폭력 앞에 무방비하게 놓인 십 대의 학교폭력의 내밀한 모습을
들여다본다.

★ 학교도서관저널 추천도서

조선 요괴 추적기 | 신설 장편소설

신통한 법사를 꿈꾸는 막둥이와 은둔 고수를 자청하는 구랍 법사. 정체불명 존
재를 쫓는 그들의 기묘한 모험담.

★ 학교도서관저널 추천도서

나의 수호신 크리커 | 이송현 장편소설

엄마를 떠나보낸 후 자신의 본모습을 잃은 한조. 어느 날 그의 눈앞에 수호신
'크리커'가 나타난다.

★ 서울문화재단 지원도서

디어 시스터 | 김혜정 장편소설

그 여름, 우린 가장 멀리 떨어져 있었지만 가장 가까이 있었다. 전쟁 같은 자
매의 아슬아슬 성장기.

★ 학교도서관저널 추천도서
★ 세종도서 교양부문 선정

두메별, 꽃과 별의 이름을 가진 아이 | 범유진 장편소설

여자라서 받는 억압, 백정이라서 당하는 차별. 이 모든 것을 벗어던지기 위한
한 소녀의 용감한 모험이 시작된다.

★ 한국문화예술위원회 문학나눔 선정도서
★ 행복한아침독서 추천도서

숏컷 | 박하령 소설집

『나의 스파링 파트너』에 이은 박하령 작가의 두 번째 소설집. 다양한 상황에
놓인 십대의 분투기가 그려진다.

★ 학교도서관저널 추천도서
★ 한국문화예술위원회 문학나눔 선정도서

러닝 하이 | 탁경은 장편소설

가족 속에서 자신의 위치를 고민하는 하빈과 민희. 두 소녀가 달리기와 연대를 통해 '나'를 찾아간다.

★ 학교도서관저널 추천도서

괜찮아 아무 일도 일어나지 않아 | 세라 해거홀트 장편소설

어느 날 아빠가 여자가 되고 싶다고 고백한다면? 중학생 이지에게 농담 같은 이야기가 시작된다.

★ 영국도서관협회 카네기상 후보작

소리를 삼킨 소년 | 부연정 장편소설

한밤 공원에서 일어난 뜻밖의 사건, 그가 남긴 냄새의 정체를 밝혀라! 감정을 느끼는 데 어려움을 겪는 소년 태의. 어느 날 우연히 살인사건을 목격하는데 이를 스스로 해결하고자 전에 하지 않았던 행동을 하기 시작한다.

★ 한국문화예술위원회 문학나눔 선정도서
★ 제10회 자음과모음 청소년문학상 수상작

마구 눌러 새로고침 | 이선주 외 지음

현실에서 가상까지 십대의 일상이 깃든 공간을 살펴보며 그곳에 담긴 고민과 비밀을 이야기하는 단편집.

보통의 노을 | 이희영 장편소설

주인공 노을뿐만 아니라 성하와 동우까지 세상이 정한 '보통'과 '평균'이 과연 합당한 것인지, 우리가 그것에 맞추어 살아야 하는지 끝없이 되묻는 이야기.

★ 일본·대만 해외판권 수출

조선가인살롱 | 신현수 장편소설

어느 날 갑자기 조선시대로 타임슬립한 21세기 소녀 체리. 현재로 되돌아오기 위해 필요한 미션을 수행하며 자존감과 정체성을 찾아 간다.

★ 청소년출판협의회 추천도서

악마의 비타민

ⓒ 양호문, 2012

초판 1쇄 발행일 2012년 6월 14일
초판 3쇄 발행일 2022년 11월 10일

지은이 | 양호문
펴낸이 | 정은영

펴낸곳 | (주)자음과모음
출판등록 | 2001년 11월 28일 제2001-000259호
주　소 | 10881 경기도 파주시 회동길 325-20
전　화 | 편집부 (02)324-2347, 경영지원부 (02)325-6047
팩　스 | 편집부 (02)324-2348, 경영지원부 (02)2648-1311
이메일 | jamoteen@jamobook.com
블로그 | blog.naver.com/jamogenius

ISBN 978-89-544-2731-9(43810)